Robert Deuml

Das wird schon wieder!

(oder auch nicht!)

Illustriert von Robert Deuml

Impressum

Bibliografische Information der Deutschen Nationalbibliothek
Die Deutsche Nationalbibliothek verzeichnet diese Publikation
in der Deutschen Nationalbibliografie; detaillierte bibliografische
Daten sind im Internet über http://dnb.dnb.de abrufbar.
1.Auflage Februar 2021

Herstellung und Verlag
BoD – Books on Demand, Norderstedt

ISBN: 978-3-7534-0800-2

Inhaltsverzeichnis

1   FKK vor dem Zelt! 6

2   Frauenpower extrem 12

3   Gefahr beim Pilze sammeln.......................22

4   In der Kanalisation ist der Teufel los........34

5   Na Servus, wo kommt die Filzlaus her? ...41

6   Papa, wie ist das nun mit dem Vögeln?....48

7   Von der Natur und dem Pech geküsst.......61

8   Weg mit dem Ding.................................81

9   Wo ist Gestern?....................................89

10   Herr Mahler auf dem Weg zum Glück! 96

11   Fräulein Anja 111

12   Das wackelige Vampirgebiss 118

13   Schöne Steine!?!? 128

14   Wie komme ich nach Finkelhausen? 135

15   20. August 2019!.................................141

16   Das wird schon wieder! Zum Buch 153

17   Robert Deuml (Vita) 160

1 FKK vor dem Zelt!

Junge Kerle lieben es, unter den Sternen des Firmaments zu feiern, um anschließend wohlbehütet einzuschlafen. Die Freiheit genießen und sich wie die Wildschweine im Dreck zu suhlen, einfach nur das Leben spüren! Mann, so was muss man einfach erlebt haben, um es zu lieben. Mein Freund Rainer und ich hatten genau dies vor! Auch wir Beide wollten es den Wildschweinen gleichtun! Doch zuerst war Feiern angesagt und dazu begaben wir uns ins Bauhaus **(unsre Stammdisco),** um uns die Alkoholkante zu geben. Von zwanzig abends bis drei Uhr früh des nächsten Tages war dazu da, um dem Wirt Udo seine Altersvorsorge zu sichern. Man konnte an dessen geldgierigem Gesichtsausdruck erkennen, dass er durch unseren Geldtransfer auf dem besten Wege sei, Millionär zu werden. Eigentlich war Udo der geborene Halsabschneider, der nur Geldgedanken unter seiner Vollglatze pflegte. Was soll's, wir gönnten ihm die Freude! Hauptsache war doch, dass wir uns in seinem Hardcore-Schuppen aufs Göttlichste amüsierten! Und das taten wir ausgiebig! Wir stürzten uns wie die Wilden ins Getümmel, soffen wie die Kamele und ließen uns von den aparten Mädels zu manchen Tänzchen überreden.

Erst als Udo das Licht an und die Musikanlage ausgemacht hatte, wussten Rainer und ich, dass unser Wirt ins Bett wollte! Recht so, er soll sich fürs nächste Wochenende schonen! Wir aber begaben uns an die frische Luft! Sieben Stunden Höllenlärm, sintflutmäßiger Alkoholgenuss, Tabakqualm und hin und wieder der Duft von Verbotenem! Da kann man schon mal zu schwächeln beginnen! So eine Orgie sollte meist schuld sein, dass wir uns erst mal an die uns ungewohnte - wenn nicht gar ungesunde - Frischluft gewöhnen mussten! Wir konnten den nahenden Tag an seiner aufkeimenden Helligkeit erkennen. Für gewohnheitsmäßige Nachtschwärmer konnte das gleißende Sonnenlicht einen irreparablen Schaden an unseren Körpern verursachen. Um den zu umgehen, wollten wir auf schnellstem Wege zu unserem Nachtlager!?!? Es ergab sich für uns nur ein Problem! Welches? Hm, wir hatten nur ein einziges Mofa als Transportmittel! Zwei bis rauf zum Scheitel abgefüllte Nachteulen auf dem Weg zu ihrem Schlafsack! Toll! Zu zweit und betrunken wie zwei Goldfische, die man in einem vollen Schnapsglas **(Gin)** Gassi geführt hatte, fuhren wir auf dem klapprigen Mofa in die Pampa! Gretlmühle! Dies ist das angesagteste Naherholungsgebiet weit und breit. Da trifft sich alles, wer den Stress der ganzen Woche hinter sich lassen möchte! Und außerdem gibt es mehrere Badeseen und jede Menge Möglichkeiten wild zu campen. Ruck zuck war das Zelt aufgebaut und schon lagen Rainer – der wie ein brünstiger Hirsch Schnarchgeräusche von sich gab - und ich im Schlummerland. Doch irgendwann erwachte Rainer, der Arme hörte außerhalb des Zeltes seltsame Geräusche! Noch schlaftrunken kroch er aus seinem Schlafsack, um der Geräuschquelle auf die Spur zu kommen. Mit einem einzigen Zipp öffnete er das Zelt. Was er dort draußen sah, ließ ihn fast zu Tode erschrecken!

„He Deuml", rief er mir verängstigt zu, „stell Dir mal vor, dort draußen liegen jede Menge Leute!"

„Na und", antwortete ich mit grimmiger Stimme,

„ist ja nicht verboten! Also leg Dich wieder hin und knack noch ne' Runde!"

„Aber sieh doch selbst", flüsterte Rainer,

„das ist noch nicht alles, da liegen.....!"

„Ja, ja", antwortete ich meinem Freund,

„ich komm ja schon!"

Noch müde und verkatert erhob ich mich und krabbelte hin zu meinem Kumpel und um mir ein rechtes Bild vom jeweiligen Geschehen zu machen, öffnete auch ich das Zelt. Und was ich sah, ließ meinen Blutdruck mit Turbogeschwindigkeit in die Höhe schnellen! Nackte! Viele Nackte! Toll, geil! Lauter Nackedeis lagen auf ihren Strandmatten und ließen sich die Sonne auf den Hintern scheinen! Zum Glück waren nur Frauen vor Ort, aber was für welche! Jede von den Grazien fände locker einen Ehrenplatz in der Männerzeitschrift Playboy! Aber was rede ich, eigentlich sehen Testosteron befallene Kerle in allen Damen nur das Eine! Was bleibt uns schon übrig, wir sind Geiseln unserer Lust! Und die Schönste ließ ihre strammen Titten **(ich weiß, ich bin ein verkommener Macho)** von rechts nach links schaukeln. Ein Anblick, der einem das Wasser im Mund zusammenlaufen lässt.

Wer da keine unanständigen Gedanken bekommt, soll in ein Männerkloster gehen!

„Guten Morgen schöne Frau", sprach ich das Mädel an,

„Sie haben wohl ihren Bikini verloren, darf ich beim Suchen helfen?"

„Na, na", antwortete mir das Frauenzimmer,

„Du willst mir beim Suchen helfen? Gut, gerne, aber woran willst Du dann Deine Augen heften, wenn nicht an meine Titten?"

Eins zu Null für das Girl! Die weiß, wie man Männer in Verlegenheit bringt. Die Kleine hatte ja so recht, ich schielte tatsächlich auf ihre Megateile!

Das Mädel gab mit einem lasziven Fingerzeig zu verstehen, dass auf ihrer Strandmatte noch Platz für einen wie mich wäre und so kam ich der Einladung gerne nach. Ich kroch aus dem Zelt, um dem Mädel meine Aufwartung zu machen! Eigentlich wollte ich näher an ihrer monströsen Oberweite sein, als es für die meisten erlaubt wäre. Ich hatte Glück, ich durfte die Strandmatte mit der Schönen teilen. Dabei sah ich dem Mädel tief in die Augen! Na ja, um ehrlich zu sein, starrte ich auf ganz andre Dinge!

„Und", sprach die Amazone,

„willst Du mir meinen Rücken eincremen?"

„Aber gerne", antwortete ich,

„es wird mir ein Vergnügen sein!"

Ich massierte alle Teile ihres wunderschönen Körpers. Doch irgendwann sagte mein Engel zu mir:

„Mein Rücken ist hinten, das was Du gerade befummelst, gehört eigentlich zur Tabuzone!"

Ich schreckte zurück. Bin ich mit meinem Enthusiasmus zu weit gegangen? Denn meine Erfahrung sagte mir, dass es so 'ne Intimsphäre mächtig in sich hat. So manch aufdringlicher Herr hat sich bei jenem ehrlosen Vorhaben eine Brust zu berühren einen Zahnverlust eingehandelt.

Doch an diesem Tag hatte ich das Glück auf meiner Seite, ich durfte weiterhin jene Stellen eincremen, die eigentlich verboten waren! Nach einer kurzen Zeit des Beschnupperns hielten wir es nicht mehr länger aus, wir zwei Täubchen verschwanden zur weiteren Untersuchung in einem uneinsehbaren Gebüsch. Da durfte ich auch die Stellen erkunden, die von mir noch eingecremt werden müssen! Ha,ha!
Und Rainer, was tat der in der Zwischenzeit? Der Arme blieb den ganzen Tag im Zelt, popelte in der Nase und haderte mit der jeweiligen Situation. Der kann nur noch von schönen Damen träumen! Ist auch seine eigene Schuld, warum ist er nur so schüchtern!

2 Frauenpower extrem

Eine wahre Geschichte!

Ein Appell an alle Männer! Wie beurteilt ihr die derzeitige Gleichberechtigung? Ich weiß, dass dies für manche Herrschaften ein heikles Thema darstellt! Verheiratete Herrn werden zuerst fragend nach ihren Gemahlinnen sehen und wenn ihnen diese wohlwollend zunicken, darf das edle Geschlecht der Schöpfung antworten. Dabei schwebt über ihnen ein Damoklesschwert, das bei Antworten, die den Damen suspekt vorkommen, zum schmerzhaften Einsatz kommt. Und was sagen die Ledigen zu jenem brisanten Thema? Nichts! Denen ist es egal, ihnen ist nur das eine wichtig, sie wollen genügend Frauen aus der Teeny-liga auf ihrer Dateliste stehen haben. Spätestens jetzt wird so mancher Herr, der vor Jahren ein unüberlegtes Jawort auf einer von seiner zukünftigen Braut arrangierten Party von sich gab, nachdenklich die Stirn runzeln. Und nach reiflicher Überlegung wird er erkennen, dass er seine einstigen Revoluzzer-Allüren für langweiligen Schweinebraten und Quartalssex, der noch langweiliger ist, eingetauscht hatte. Man hat aus einstigen Draufgängern, die unbeirrt glaubten, alles in der

Luft zu zerreißen, letztendlich brave Buben gemacht!

Zurück in die ehemalige Revoluzzer-Liga kommen diese Herrn nur noch dann, wenn die Gattin mit ihrem mahnenden Zeigefinger nicht zugegen ist. Aber dann! In solchen seltenen Momenten wird der Held von früher für einen mikroskopisch kleinen Augenblick von sich behaupten, dass er der absolute Chef in seinem Hause sei! Laut seiner Aussage schlägt er mehrmals die Woche wütend auf den Tisch und alle in seinem unmittelbaren Umfeld würden vor Ehrfurcht alles unternehmen, dass der Herr des Hauses mit den Seinigen zufrieden ist. Ja, ja! So was sagt nur einer, den man – wahrscheinlich unter Zwang oder gar Drogen – zu einem Ehegelöbnis genötigt hatte! Die Wahrheit sieht viel dramatischer aus. Nachdem der Herr Gatte nach einem zwölf Stundenarbeitstag müde wie ein altersschwacher Ackergaul nach Hause kommt und auf ein leckeres Abendessen hofft, steht er vor dem leeren Esstisch, an dem von seiner liebsten Gattin ein beschriebener Notizzettel haftet. Mit dem Recht des Hausherrn?!?! liest er:

„Hallo Hasi", schreibt seine Frau,

„die Näh- und Strickgruppe des Frauenvereins hat mich angerufen und mich gebeten, ihrer geselligen Runde beizuwohnen. Was sollte ich tun? Du weißt doch, dass ich nicht „Nein" sagen kann! **(Ha,ha, was für ein Witz! Wehe dem, wenn der Gatte mal fünf Minuten an seinem Stammtisch hängen bleibt! Der Arme erlebt, wie sein Schatz zu einem feuerspeienden Drachen mutiert!)** Und so sitze ich dort bei Kaffee und Kuchen und zeige den Mädels wie man einen Schal strickt. Ach ja, fast hätte ich es vergessen! Hasi, Dein Abendessen steht im Kühlschrank, du musst es nur noch aufwärmen! Bis dann, mein Hasi-Mausi!"

Hasi-Mausi? Einen blöderen Kosenamen hatte sich die Dame für ihren Herrn Gemahl wohl nicht aussuchen können. Doch das Hasi-Mausi wird wie viele seiner Leidensgenossen beim Blick in den Kühlschrank tränende Augen bekommen. Das, was seine Gattin für ihn als Abendmahl vorgesehen hatte, war ein Nudel-Erbseneintopf! Eigentlich nicht das Schlechteste, wäre da nur nicht das Dosenblech um den Eintopf herum.

„Toll", denkt sich Hasi-Mausi,

„die Alte zieht sich eine leckere Sahnetorte rein und ich als Familienoberhaupt?!?! kann einen eiskalten Nudel-Erbseneintopf aus der Dose löffeln! Die denkt wohl, ich hätte Eisenmangel!"

Manche werden sagen ich würde heillos übertreiben! Ha, ich weiß wovon ich rede, ich habe es selbst am eigenen Leib erfahren dürfen. Nur war ich so klug mich vorzeitig - um nicht gefreit zu werden – vor der prekären Situation einer Ehe zu drücken.

Ein Beispiel:

Ich saß vor einiger Zeit in meinem Stammcafé und schmökerte interessiert in einem Buch mit vielen netten Bildern darin. Ich studierte die Damen in ihrer anheimelnden Nacktheit wie sie mit ihren verschwenderischen Reizen um sich werfen. Ich liebe solche Lektüre! Nicht um mich daran zu ergötzen. Nein! Ich will mich nur informieren, ob die Bräune jener Damen nicht zu einem irreparablen Sonnenbrand führt. Doch dies ist wohl meine Angelegenheit! Aber bitte, wir wollen doch beim Thema bleiben!

An meinem Nachbartisch hielt ein Sprach-stammtisch sein wöchentliches Programm in italienischer Sprache ab. Natürlich verstand ich von dem, was die von sich gaben, kein einziges Wort, aber wahrscheinlich verstanden sie sich selbst nicht. Aber sie redeten! Doch eines fiel mir sofort auf! Man hörte nur die Damen! Vier Frauen, deren Zungen vom vielen Reden zu glühen begannen! Und die Männer neben ihnen, die saßen wie gut erzogene Schoßhunde neben ihren quakenden Frauchen. Äh, ich meinte Ehefrauen, um genau zu sein!

Der eine, der geborene Langweiler, saß mit ver-
schränkten Armen und eiserner Miene neben
seiner Gattin. Mit langweilig meine ich, dass er
zwei volle Stunden an seiner mittlerweile laschen Bio-Limonade süffelte und in der ganzen
Zeit hindurch kein Sterbenswörtchen von sich
gab. Ihm gegenüber war einer, der noch einiges
an rebellischem Feuer in sich trug. Und da er
vor Stolz?!?! und Selbstvertrauen?!?! nur so
strotzte, genehmigte der sich ein Bier. Jawohl,
ihr habt richtig gelesen! Der Kerl säuft doch tatsächlich Alkohol in Form eines Bieres! Darf er
das? Nein! Dafür kann er sich bei sich zuhause
die eine oder andre Kritik von seiner Gattin anhören.

Aber was ziehen sich die Damen rein? Die vier
Grazien tankten Prosecco und Bio-Kamillentee.
Eigentlich kam mehr der Prosecco zum Einsatz.
Nachdem sich das Frauenvolk auf Italienisch
unterhielt, saßen sich die beiden Herren stumm
wie Fische gegenüber. Doch irgendwann wurde
es dem Herrn mit dem Bier zu öde, um dumm
und leer durch den Raum zu starren. Er begann
auf seinem Stuhl nervös hin und her zu rut-
schen. Von seinem unlogischen Getue genervt,
wurde es seiner Gattin zu viel.

„Und", sprach die Dame,

„Franz, was ist mit Dir los? Dein zappeliges

Herumgerutsche stört uns bei unserer italienischen Konversation. Mann, wenn es Dir zu langweilig ist, unterhalte Dich doch mit Egon! Der Arme sitzt stumm und einsam an unserem Tisch. Der brave Mann wird sich sicher freuen etwas von Dir zu hören. Also, nerv ihn und nicht uns!"

Sich mit einem Bio-Heini unterhalten? Das kann nicht gutgehen!

„Na ja", sagte sich Franz,

„der Versuch, sich mit der Schlaftablette Egon zu unterhalten, kann nicht schaden!"

„Und", fragte Franz den Egon, so dass es die Frauen nicht hörten,

„findest Du auch, dass der Sommer heuer besonders reizvoll ist? Vor allem die jungen Mädels mit ihren viel zu kurzen Miniröcken bieten uns Männern einen netten Anblick!"

„Ja", antwortete Egon in einem Anfall seltener Redseligkeit,

„der Sommer kann sich tatsächlich sehen lassen! Sogar unsre Geranien am Fenster haben noch nie so schön wie dieses Jahr geblüht. Doch leider muss ich die Blumen, die ja in der prallen Sonne stehen, morgens und abends, also zweimal anstatt einmal gießen. Die Gießmenge habe ich auf den Milliliter genauestens errechnet und kam dabei zu einem hochwichtigen Ergebnis. Und jetzt mein Freund Franz, höre genau zu!

17

Würde ich nur einmal gießen, würden meine Lieblinge vor Trockenheit eingehen! **(Fasziniert lauschte Franz den botanischen Erläuterungen Egons. Gähn)**! Doch die größte Freude durchströmt mich, wenn ich die Hausarbeit zur vollsten Zufriedenheit meiner allerliebsten Hilde erledigt habe. Die Liebe zur Hausarbeit zeichnet einen verantwortungsbewussten Ehemann aus. Bei so einem Gatten fühlt sich jede Dame rundum wohl! **(Gähn! Franz stand kurz davor, einem ewigen Schlaf zu erliegen)** Erst danach finde ich die Muße, mich mit einer frisch gebrühten Tasse Kamillentee ans Fenster zu lehnen, damit ich die ausufernde Blütenpracht in seiner Allmacht studieren kann! Dann und wann durchbricht ein lauschiger Gesang eines verliebten Vogels die Ruhe. In solchen Augenblicken fühle ich mich dem Himmel nah!"

„Vögel?", fragte Franz verblüfft,

„Dir sind Vögel wichtiger als schöne Mädchen?"

„Na ja", antwortete Egon,

„natürlich sind die jungen Mädchen nett anzusehen, besonders dann, wenn sie sich zu hervorragenden Hausfrauen entwickeln. Doch die meisten wissen nicht, wie man eine Wohnung in Schuss hält! Die liegen lieber im Bikini an einem Badesee und verdrehen den Männern die

Köpfe. Nein, solch verkommene Weibsbilder gefallen mir überhaupt nicht."

Als Franz hörte, was Egon an langweiligem Stuss vom Stapel ließ, schüttelte er fassungslos seinen Kopf.

„Oh mein Gott! dachte sich Franz,

„die Valiumtablette mit ihrem schläfrigen Gesülze bringt selbst einen Tobsüchtigen zum Einschlafen!"

Keiner der Beiden konnte mit dem anderen was anfangen. Zu verschieden waren die Charaktere. Und so beließ man es beim gegenseitigen Schweigen. Egon blickte weiterhin mit leeren Augen in seine schale Bionade. Und Franz fing von Neuem an, auf seinem Stuhl von der einen Seite zur nächsten herumzurutschen. Nach einer Weile des Schweigens wurde es dem Franz zu viel der Harmonie. Mit einem Fingerzeig wandte er sich an die Bedienung.

„Hallo Betty", sagte er,

„bring mir bitte noch ein Bier!"

„Halt mein Herr", rief Gundula, Franz´ Gattin, ihrem Gemahl entgegen,

„Du trinkst heute kein Bier mehr, Du hast für heute schon genug! Eines genügt! Hörst Du, ich sagte kein Bier mehr! **Verstanden!**"

Eingeschüchtert von den Angriffen seiner Frau machte Franz mit einer bejahenden Demutsgeste einen Rückzieher. Sein Respekt gegenüber seiner Frau war um ein Vielfaches stärker als quälender Durst. Und seine Gundula? Die freute es ungemein sich so ein gehorsames Exemplar aus der Männermenge herausgeangelt zu haben. Nun sollte nach diesem für die Dame so erfolgreichen gelösten Disput endlich wieder Ruhe einkehren. Das tat es nicht! Ohne von den anderen Damen gefragt zu werden, mischte sich Hilde, die Frau Gattin des chloroformierten Egon, ins Gespräch ein.

„Was", sagte diese,

„**Gundula!** Du erlaubst deinem Gatten Bier zu trinken? Mein Egon würde solchen Frevel nie und nimmer wagen! Gell Egon-Hasi?"

Der Angesprochene antwortete mit einem fast unhörbaren

„Ja!"

Was sollte der auch sonst antworten? Der Schnarcher war wahrscheinlich mit all seinen Gedanken beim Geraniengießen! Eigentlich hat es so ein Narr richtiggehend gut, denn ohne eigene Fantasie darf er sich freuen, dass seine Hilde alles von ihm fernhält, was den Manne umbringt! **(Alkohol, Zigaretten, schöne aber gefährliche Mädels)** Und so begannen sich Franz und Egon in gegenseitiger Zweisamkeit anzuschweigen! Den Rest des Abends schloss sich Franz seinem neugewonnenen Freund

Egon an und beide genehmigten sich eine gesundheitsfördernde?!?! Bio-Limo! Wieder wird ein männliches Rückgrat gebrochen! Ihr seht, so werden aus ehemaligen Revoluzzern brave und gehorsame Ehemänner gemacht! Hm, ob man es für gut findet, sei jedem selbst überlassen! Auf jeden Fall sollte uns die Gleichberechtigung im einundzwanzigsten Jahrhundert zu denken geben!

3   Gefahr beim Pilze sammeln

Lieben auch Sie die wohltuende Umgebung eines idyllischen Waldes? Ja? Dann lassen Sie mich von so einem gesunden!?!? Ausflug erzählen! Um mich von meinem stressigen Job zu erholen, pflegte ich die Gedanken, dass es wieder mal Zeit wäre gesunde Waldluft zu erhaschen. Und als netten Nebeneffekt finde ich vielleicht den einen oder anderen leckeren Pilz. Zu meinen Favoriten zähle ich kugelrunde fette Steinpilze. Aber alleine? Nein, nur in Begleitung einer hübschen Dame kann ich mir vorstellen so eine Ochsentour durch unseren niederbayrischen Wald zu unternehmen. Eine Freundin aus früheren Kindertagen – die Antonia – war für mein Vorhaben mein bevorzugtes Opfer. Erstens war ihr Auto mit stets vollem Tank zur Stelle, um mich als ewigen Knauser herumzukutschieren und zweitens sollte das Stadtmädel ruhig mal Landluft schnuppern! Benzin sparen? Ja! Knauser? Nein! Ich bin halt einer von den Sparsamen! Aber dafür darf mich die Antonia zu ihren engsten Freunden zählen. Dieser kleine Freundschaftsdienst ist immerhin auch was wert. Bewaffnet mit einem funktionstüchtigen Kompass, einem Korb für die Steinpilze und natürlich mit einem Messer ging es zu zweit raus aus der Stadt und hinein ins gemütliche Landleben. Mit einem Düsenjet-Tempo — die Karre von Antonia war ein BMW der Luxusklasse — fuhren wir zu meinem Wald. Mit meinem Wald meine ich, dass ich mich dort sehr gut auskenne.

„Hier", sagte ich,

„kenn ich mich gut aus. Hätten Bäume Hände, hätte ich jedem die Hand geschüttelt! Glaub mir, an diesem Ort wuchern die Steinpilze nur so vor sich hin! Und ein Verlaufen kann mir hier nie und nimmer passieren!"

„Das will ich doch hoffen!", antwortete Antonia.

„Mir langt es noch vom letzten Jahr, als wir um zehn Uhr mit dem Pilze sammeln fertig waren, aber wegen Deiner hervorragenden Kompasskenntnisse bis zum Nachmittag unser Auto suchten!"

„Ja, ja", antwortete ich, „bin gespannt wie oft Du mir das noch unter die Nase reibst!" Dieses Thema hatte sich vorerst erledigt! Und so können wir uns dem eigentlichen Vorhaben widmen. Pilze! Und wenn es sich machen lässt, körbeweise! Wir Beide schlichen uns wie die Ameisen durchs dichte Unterholz und fanden...! Nix!

Vorerst wohlbemerkt! Meine Pilzerfahrung sagte mir, dass wir schon etwas weiter in den

Wald hineingehen müssen, um erfolgreich zu sein. Bergauf, bergab und immer durchs Gehölz! Und als typische Stadtkinder schnauften wir bei unserem Marathon durch die gesunde Natur wie achtzigjährige Asthmatiker.

„Wo sind denn nun Deine so hochgepriesenen Steinpilze?", lästerte Antonia genervt.

Mein Schatz war Raucher und als solcher ist das Laufen von hundert Metern eine nahezu unmenschliche Mammutstrecke! Irgendwann gab Antonia keinen Laut mehr von sich und so konnten wir unseren Ausflug ohne weiteres Gemurre fortsetzen. Nach einer Stunde des Umherirrens kam uns ein alter Zausel mit zwei vollen Körben mit Steinpilzen und Co entgegen.

Antonia konnte nicht anders als sich bei dem Alten zu erkundigen, wo er die fetten Dinger her hätte!

„Da droben!", antwortete der Methusalem,

„aba da müsst ihr scho a Weil maschier'n, bis ihr dort seid!"

„Shit", dachte ich mir, „ein weiterer Berg!"

Nur mein Schatz war hip, als sie hörte, dass sie dort oben auf Steinpilze hoffen konnte!

„Und nun!", fragte ich, „willst Du auch da rauf?"

„Ja", sagte Antonia.

„Und Du glaubst", sagte ich,

„dass uns der Freak auch nur einen einzigen

Pilz übrig gelassen hat!"

„Aba na", sagte der Alte,

„da droben gibt's gnua Schwammerl für Olle!
Aba a bisserl kraxln werds scho müassn!"

Und als er dies sagte, verabschiedete er sich von
uns mit einem letzten gierigen Blick auf Antonias Oberweite.

Da standen wir also und sahen den Steilhang,
wo es laut Zausel unzählige Steinpilze geben
sollte.

Als eingefleischter Nichtsportler war ich bei der
Erklimmung der Anhöhe derjenige, dem der
Schweiß in Sturzbächen herunterlief. Nur die
Antonia bekam Augen, die um die Wette glänz-
ten! Vergessen waren die Kippen! Vorerst! Sie
wollte ja Steinpilze in ihrem Korb liegen sehen!
Und so stapften wir über den Waldboden nach
oben. Zwanzig Minuten später:

Bravo, wir sind wohlbehalten oben angekommen! Wie dressierte Trüffelschweine durch-
pflügten wir die weitreichende Umgebung nach
Pilzen.

„Die Dinger", sprach ich, „machen sich heute
recht rar! Wenn ich da an die Vergangenheit zu-
rückdenke, da habe ich schon ganz andre Zeiten, wo wir nach einer Stunde die Körbe voll
hatten, erlebt!"

Doch dann! Antonia rannte an mir vorbei, warf
sich bäuchlings auf den Boden und angelte aus

dem Waldboden einen beachtlichen Steinpilz heraus!

„Toll!", sagte ich,

„Trotzdem - gib nicht so an, ich hab schon viel Größere gesehen!"

„Neidhammel!", antwortete Antonia.

Wie eine frisch verliebte Elfe tanzte mein Schatz voller Freude um mich herum. Es war ihr erster Steinpilz! Antonia fand nur die Pilze, die in einem Gemüsefach eines Supermarktes lagen! Und ich? Ich hoffte, dass es ihr letzter sei! Wir gingen weiter - Antonia in glücklicher Seligkeit, während ich wie ein trotziges Kind vor mich hin schmollte. Ausgerechnet diesen Wald mussten wir uns aussuchen, wo doch dieser hügeliger als die Schweizer Alpen war. Auf und Ab marschieren für nix und wieder nix! Keine Pilze, nur blutrünstige Zecken, die uns Beide auszusaugen versuchten. Drei Stunden und kein Pilz! Enttäuscht von der Ausbeute sprach die Antonia zu mir:

„Hey Deuml, lass uns verschwinden! Der Alte von vorhin hat wahrscheinlich doch alle Steinpilze entdeckt! Aber Hauptsache ist, dass ich was – wenn auch nur ein Exemplar – gefunden habe!"

„Schnepfe!", gab ich ihr zur Antwort.

Leider musste ich mich der Antonia anschließen, denn auch meine Füße begannen wie wild zu schmerzen! Und so willigte ich der Beendigung unseres erfolglosen Wandertages ein!

„Und", fragte Antonia, „in welche Richtung soll es nun gehen?"

Keiner von uns hatte Ahnung, wo wir uns gerade befanden!

„Keine Angst", beruhigte ich,
„ich frag einfach meinen Kompass!"

Ich frag einfach meinen Kompass!?!?!

„Und", fragte Antonia,
„wo ist das Ding?"

Ich begann zu suchen. All meine Taschen durchwühlte ich mehrmals und alles, was ich darin fand, war ein zehn Cent Stück. Von einem Kompass keine Spur!

„Shit", gab ich resignierend zur Antwort,
„ich hab das Teil irgendwo im Wald verloren! Ja, ich hab unsre Rettung den Hasen und Füchsen überlassen! Aber meine Gute, das ist für einen Naturburschen wie mich überhaupt kein Problem. Wir finden unser Auto auch ohne das prähistorische Navi!"

„Genau", konterte Antonia, zum zweiten Mal,
„so wie letztes Jahr!"

Mir war ja selbst mulmig zumute und ich stand kurz davor wie eine Granate zu explodieren. Und so blieb ich, um keine Revolution heraufzubeschwören, Antonia eine darauffolgende Antwort schuldig. Wir marschierten bergauf und wieder bergab, aber von einem herrenlosen BMW war nichts zu sehen. Die armen Götter im Himmel taten mir leid, denen mussten von meinem vielen Gefluche die Ohren in A-Dur pfeifen. Aber was soll's, fluchen bringt uns auch nicht näher an die gesuchte Blechkarre. Nur das Durchwandern des Waldes konnte uns beide ans Ziel bringen!

Mittlerweile – so nach zwei Stunden – war uns das Mineralwasser zuneige gegangen. Und so gesellte sich zu Fußschmerzen auch noch quälender Durst hinzu! Wütend,wie es nur die Antonia sein konnte, schrie sie mich an:

„Mann, so einen Schnarcher wie Dich muss man erst mal unter all den Milliarden Männern herausfinden! Dich kann es wirklich nur einmal geben! Und ich hatte das Glück! Bravo! Und dafür verfluche ich Dich! Verstehst Du, du sollst als Teufels Butler in der Hölle schmoren!"
In ihrer Wut warf die Antonia den einzigen Pilz des Tages, den sie im Korb liegen hatte, an einen Baum.

Nur Antonia konnte solche Wutausbrüche heraufbeschwören. Wenn die einen Gefühlskoller erleidet, heißt es, dass alles was Beine hat schnellstens das Weite aufsuchen sollte. Um die Situation etwas zu beruhigen, sprach ich zur Antonia:

„Da schau, ein Eichhörnchen!"

„Das Vieh", bekam ich von meiner holden Maid zur Antwort,
„kannst Du Dir zwischen Deine Arschbacken klemmen!"
Zwei weitere Stunden später:
Wir Leidenden hatten Glück im Unglück! Es kam uns ein niederbayrischer Eingeborener entgegen, den wir nach dem Weg fragen konnten.
Doch wie so oft im Leben hatte der eine Überraschung für uns parat. Der Kerl kannte uns!
„Ach", sagte der verschwitzt,
„ihr schon wieder!"

"Wo sind denn nun die Pilze?"

Beim näheren Hinsehen bemerkte ich, dass es sich bei dem Herrn um jenen handelte, der uns schon letztes Jahr Erste Hilfe – in Form einer Wegbeschreibung - geleistet hatte.

„Ihr habt Euch bestimmt wieder verlaufen! Hab ich Recht?", sprach der Kerl,

„gut, so wie die Sachlage aussieht habe ich mir ´ne Lebensaufgabe eingehandelt, um Euch verweichlichte Stadtkindern zu Eurem Auto zu führen. Na dann, folgt mir mal!"

Und so führte uns der Landwirt – wie schon das Jahr zuvor – aus dem dichten Dschungel eines niederbayrischen Waldes heraus! Wir durften auch auf der Ladefläche des Treckers Platz nehmen. Der Bauer Josef – mittlerweile waren wir per Du – kurvte uns querfeldein und wir kamen schließlich an einen Kartoffelacker, der an den Wald grenzte. Und wie ein Wunder blitzte etwas Weißes hinter den Bäumen hervor. Bei näherem Hinsehen bemerkte ich, dass es sich um Antonias BMW handelte.

„Wau", rief ich,

„so weit sind wir gegangen?"

„Der ganze Umweg war für die Katz", antwortete Bauer Josef,

„ihr hättet Euch von dort, wo ich Euch aufgelesen habe, nur in linker Richtung bewegen müssen und nach hundert oder hundertfünfzig Metern wärt ihr am Ziel gewesen!"

„Toll", motzte Antonia,
„und Du kurvst uns durch halb Niederbayern!"
„Ach geh Mädel", sprach Bauer Josef,
„die kleine Abwechslung, um Euch zu Eurem
Auto zu transportieren, gönnte ich mir. Mal was
Anderes, als sich immerzu mit dem rostigen
Trecker zu unterhalten!"
Der Humor von Josef gefiel mir, der hat was!
Nur die Antonia fluchte wie ein betrunkener
Seemann! Trotzdem, wir waren unbeschadet an
unser Auto angekommen!
„Servus ihr Beiden", verabschiedete sich Josef,
und begann dabei unverschämt zu schmunzeln,
„bis zum nächsten Jahr!"
Wie eine wild gewordene Furie düste Antonia
zu ihrem BMW, öffnete ihn und griff sofort ins
Handschuhfach! Dort wühlte sie nervös herum!
Was sucht sie? Aha! Mein Schatz fand das, was
ihr für mehrere Stunden verwehrt blieb. Zigaretten! Nach fünf Stunden Nikotinentzug über-
mannte sie die Sucht. Mir bot sich ein interessantes Szenario! Antonia schaffte es, dass sich
der Tabak einer einzigen Zigarette mit nur einem einzigen Zug in Asche verwandelte. Welt-
rekord! Man möchte es nicht für möglich halten, aber als die Dame nach stundenlanger ni-
kotineller Enthaltsamkeit ihren ersten Sargna-
gel genossen hatte, bekam sie wieder die Farbe
der Lebensfreude zurück.

„Und", fragte ich sehr, sehr vorsichtig,

„geht's Dir jetzt besser?"

„Ja", bekam ich zur Antwort.

Dabei schob sie sich die zweite Kippe in den Mund. Die pure Sucht, wenn Sie mich fragen! Trotz alledem durfte ich froh sein, dass mir mein suchtgebeutelter Schatz nicht an die Kehle ging! Doch vorerst blieb mir dieses Schicksal erspart. Sie hat ja ihre Zigaretten! Und Hauptsache war doch, dass Antonia einmal im Jahr frische Waldluft ergattern konnte. Und was das Verirren betrifft, konnte man dieses Malheur als ein leistungssteigerndes Fitnessprogramm abtun. Und fit ist meine Antonia tatsächlich! Die Krücke bekam die Füße eines Windhundes, als sie von Weitem ihren BMW und somit ihre Kippen sah. So gesehen darf man der Tabakindustrie ein Lob aussprechen. Und während Antonia die erfrischende Waldluft durch den Filter ihrer Zigarette zog, fand ich was sehr Interessantes! Was? Einen Pilz! **Einen Steinpilz!** Zwar einen ganz kleinen, aber immerhin! Jetzt hatte ich was in meinem **Pilzkorb!** Na ja, was soll ich dazu sagen, ich bin es halt gewohnt stets als Erster was im Korb liegen zu haben.

„Ha", lästerte ich gegen meinen Schatz, als ich ihr meinen Steinpilz unter ihre Nase hielt,

„sieh ihn Dir genau an, so sieht ein Steinpilz

aus! Und Du? Du hast nur Fichtennadeln in deinem Pilzkorb."

„Hey", antwortete mir Antonia,

„Du hast wohl vergessen, wer den ersten Pilz fand! Du, mein Schatz, bist nur Zweiter!"

„Irrtum", sprach ich,

„Deinen Siegespilz hast Du in einem Anflug von süchtiger Rage an einen Baum gedonnert und somit wirst Du disqualifiziert! Ich bin wie immer der Schwammerlkönig!"

„Genau!", sprach Antonia,

„und wie ein solcher siehst Du auch aus!"

Und somit endet die Geschichte, in der sich zwei verweichlichte Stadtkinder an Mutters Natur erquickt hatten!

4 In der Kanalisation und im Keller ist der Teufel los

Eine Lovestory ohne Happyend!

Wo lässt es sich am besten lieben? Hm? Ich würde sagen, dass dieses Vergnügen nicht bei gleißendem Sonnenlicht, sondern an pechschwarzen Gefilden, wo onanierende Spanner keinen Einblick haben, stattfinden sollte. Und wo ist es am dunkelsten? Schlafzimmer? Nein! Anonyme Liebe funktioniert meist nur an Orten gut wo selbst der liebe Gott kein Einsehen hat. Als Alternative wäre wohl der kühlende Keller mit seinen verwinkelten Ecken und Nischen die bessere Wahl!
Jetzt werden manche Schöngeister denken:
„Sex im Keller? Wie unromantisch!"
Aber ja, ihr habt ja so recht! Nur muss ich euch gleich zu Beginn gestehen, dass diese Story nicht menschlicher, sondern mehr tierischer Natur sei. Und welche Tiere treiben es bevorzugt im Keller? Ratten! Eigentlich bewegen sich diese für Menschen so ekligen Viecher meist in den Tiefen der ortsansässigen Kanalisation. Aber zum Bumsen gehen sie dann doch in den Keller! Damit sie als eigenständige Art

nicht aussterben, müssen sie vögeln bis zum finalen Ende! Und das hat Folgen! Als Eltern kann sich ein aktives Rattenpaar im Laufe eines Jahres auf mindestens zwanzig bis dreißig muntere Babys freuen. Und jeder von diesen Bengeln macht dasselbe, was auch seine Eltern in Akkordarbeit leisteten. Sie produzieren wieder klitzekleine Ratten. Und jeder Hausbesitzer freut sich ungemein über diese außerordentliche Fruchtbarkeit jener Kellergenossen! In unserer vierstöckigen Hütte fand so ein Exemplar unerlaubt Asyl. Wir alle - oder eigentlich nur ich - gaben ihm den Namen Fredi! Warum ausgerechnet Fredi? Na ja, ich dachte dieser Namen passte zu dem Vieh. Und ich finde, der Name Fredi hört sich doch recht sexistisch an. Und ein unermüdlicher Sexbold war er ja, unser Fredi! Diese Ratte ist das Paradebeispiel eines vermehrungsfreudigen Nagetieres. In den Weiten der Kanalisation wurde jede Rattendame - ob jung oder alt- oder gar jene Damen, die kurz davor stehen an Altersschwäche zu sterben, von diesem Gigolo aufs Netteste beglückt. Eine vor Geilheit strotzende Maschine, die der Menschheit unzählige süße Rattenbabys bescheren wird. Fredis Markenzeichen war sein linkes Ohr, das ihm ein Nebenbuhler zur Hälfte abgebissen hatte. So ein ehrlich verdientes Attribut macht verwegen! Solche Blessuren strahlen

Kampfeslust aus. Wahrscheinlich war dies der Grund, dass er damit eine derart unbändig erotische Ausstrahlung bei den Damen genießen durfte. Auch in einer weiteren Kür bewies Fredi großes Talent. Fressen!

Mehrmals am Tag entsteigt Fredi aus der Kanalisation, um uns unsre im Keller gelagerten Vorräte anzufressen und um sich dann nach getaner Völlerei der Damenwelt zu widmen. Na ja, zu viel Sex macht eben hungrig! Und Fredi - die feudal verkommene Genussratte - war geübt darin beiden Untugenden gerecht zu werden. Er frisst und frisst und anschließend besorgt er es den Damen!

Nur eines bringt den Taugenichts in arge Bedrängnis! Fredi fürchtet sich wie jede andere Ratte auch vor gefräßigen Katzen, die zu gerne Ratten auf ihrem Speiseplan stehen haben. Und genau so ein Monster lebt in unserm Haus. Jenny heißt das Biest! Tag und Nacht lauert dieses für alle Nager so gefährliche Unikum vor der Kanalisation und wartet auf ihre Chance! Und der Fredi? Der Arme duckt sich aus purer Angst vor jedem Schatten! Letzte Woche noch entging er nur um Haaresbreite seinem Erzfeind. Die Jenny hatte Fredi in einem Turbospurt durch den Keller gejagt und wie es aussah sollte für die Ratte die letzte Minute eingeläutet werden. Doch Fredi hatte einen Schutzengel in

Form einer lebensmüden Maus. Als Jenny den kleineren Nager sah, dachte sie sich wohl, dass sie zuerst die Maus und anschließend die Ratte als Abenddiner genießen möchte. Fredi war der Maus unendlich dankbar, dass sie so anständig war sich für ihn zu opfern. Trotzdem war man als Ratte in diesem Hause stets gefährdet. Zu lange schon ist Jenny hinter Fredi her. Gerne würde sie sich die Ratte auf der Zunge zergehen lassen. Dieser ewige Stress nagt an Fredis Libido, er - der Schwerenöter-muss ständig auf der Hut sein, um seine Haut vor übereifrigen Katzen zu schützen. Obwohl die Ratten nicht gerade als Sympathieträger der Menschen gelten, will er keineswegs in Jennys Magen enden. Kein Wunder! Denn neunzig Prozent seiner Kinder hatten Pech und durften durch Jennys Darmtrakt wandern.

Eines Tages war es wieder soweit, Fredi hat die Kanalisation verlassen! Wahrscheinlich will er sich ein erotisches Abenteuer mit einer seiner unzähligen Damen einfangen! Und tatsächlich - eine seiner Favoritinnen, die nett anzusehende Emmi war zu einem Marathon in Sachen Liebe zu gerne bereit. Emmi wusste, der Fredi versteht sein Handwerk! Das kann er! Und außerdem ist es schon länger her, dass Emmi Fredis Kinder in den Schlaf schaukeln durfte. Und so kamen sich beide näher!

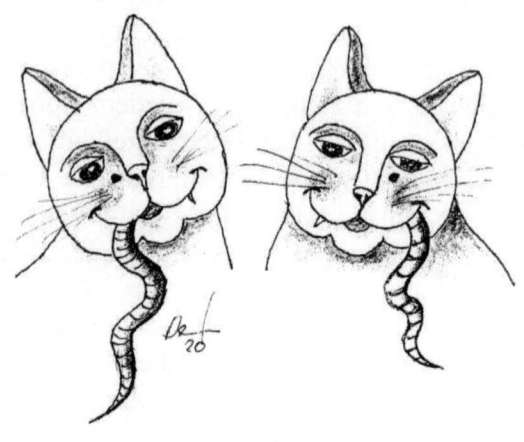

Doch dieser Tag sollte für die beiden Verliebten eine verheerende Überraschung bereithalten. Katze Jenny hatte sich einen Verbündeten aus der hiesigen Obdachlosenfraktion, einen übel zugerichteten Straßenkater mit Flöhen und Läusen, angelacht. Und jede Ratte wird dem Fredi Recht geben, wenn er behauptet, dass ja schon eine dieser Mistviecher das Leben einer Ratte vermiesen konnte! Aber zwei? Dieses Bündnis schränkt den Bewegungsradius einer Ratte ungemein ein. Und tatsächlich sollte für Fredi und seine Emmi das ultimative Drama hereinbrechen. Fredi war wie so oft damit beschäftigt einer Rattendame zu einem mütterlichen Status zu verhelfen. Gerade in jenem Augenblick, wo sich Fredi und seine Emmi zu einem wohltuenden Clinch verhakt hatten, kam die Jenny samt ihrem neuen Begleiter „Name Unbekannt" um die Ecke. Als dies Fredi sah, begann er bei seiner Braut wie wild zu rudern. Er wollte unbedingt diese letztmalige Sache zu Ende bringen, bevor er und Emmi ihr Leben als Katzenfutter beenden sollten. Doch für seine ehrenvolle Aufgabe hatten die zwei Mistkatzen keinerlei Verständnis. Von zwei Seiten her wurden die beiden verzweifelten Popper ins Visier genommen. Es war nur noch eine Frage der Zeit, bis sich das verlauste Katzenvolk auf die Armen stürzen würde. Und Fredi in seiner Verzweiflung ruderte umso mehr! Raus, rein, raus, rein! Seinen und Emmis nahenden Tod vor Augen sprach er zu seiner Braut:

„Mädel, gib Gas! Hau drauf! Wir haben nur noch wenig Zeit!"

Die beiden Katzen sahen den beiden Akteuren noch einige Zeit gebannt zu. Noch nie durften sie erleben wie schnell Ratten beim Liebesspiel sein können! Und der Fredi schiebt und schiebt was das Zeug hält. Umsonst! Für ein finales Ende sollte den Beiden keine Zeit bleiben! Zum ersten Mal mussten Fredi und seine Emmi unverrichteter Dinge von der Weltbühne abtreten! Fredi konnte trotz heftigem Werkeln seine letztmalige Liebesmüh nicht als Erfolg verbuchen, denn Jenny und ihr abgefuckter Galan bekamen mittlerweile Hunger. Sie stürzten sich mit vollem Eifer auf das sich heftig liebende Rattenpärchen und fraßen das Liebespaar bis auf einige Knochen, die ihnen zu sperrig waren, auf. Armer Fredi! Arme Emmi! Es war dem Fredi eben nicht vergönnt, dass er die Emmi mit einem finalen Akt beglückt. Traurig! Sehr Traurig! Eine weitere unglücklich verlaufende Liebesgeschichte, die es wert wäre in den Olymp der Weltliteratur aufgenommen zu werden!

5 Na Servus, wo kommt die Filzlaus her?

Angeborene Tierliebe ist wohl eine von Gott gegebene Gabe! Findet Ihr auch? Gut! Sehr gut! Ihr werdet Euer ganzes Leben hindurch von unermesslichem Glück und tierischer Liebe umgeben sein. Und dafür lohnt es sich, sich der Tierwelt zu widmen!

Ein Beispiel: Der Hund! Ein Hund ist seit Jahrtausenden der beste Freund des umtriebig umherziehenden Menschen. So ein schwanzwedelnder Wauwau findet anhand seiner Ortskenntnis stets den Weg nach Hause. Ein atmendes Navi! Das ist aus menschlicher Sicht sehr hilfreich, besonders dann wenn sein Herrchen – also Sie – sturzbesoffen aus der ungesunden Obhut einer verkommenen Alkoholkneipe fliegt. Natürlich kann so ein süßer Lauser noch einiges mehr als zerstörte Alkoholleichen zu bergen. Man bedenke nur mal, dass Ihr Hundchen Sie, nachdem Sie in bewusstloser Horizontallage ihren Rausch ausschlafen, bei Sonnenaufgang aus dem Tiefschlaf reißt, um auf irgendeiner Wiese seine stinkenden Kack-Granaten abzusetzen. Und Sie? Sie erleben mit ihrem Frühmorgenterroristen ein morgendliches Naturerlebnis mit nervtötendem Stöckchenwerfen inmitten zwitschernder Vögel, blutsaugender Mücken und grobschlächtiger Zeitgenossen, die auf dem Weg zur Arbeit in die Hinterlassenschaft Ihres Hundes gestapft sind. Spätestens dann wäre es für Sie sinnvoll, wenn Sie sich zu einem weitreichenden und gesunden Marathonlauf hinreißen lassen würden. Ein Drama? Nein! Sie sollten sogar dankbar sein, denn so fördert Ihr Hund Ihre Fitness!

Und die Muschis:

Äh, mit Muschis meine ich natürlich Katzen und nicht das, an was verkommene Lebemänner denken!

Ich denke an ein mäusefressendes Ungeheuer, das den ganzen Tag faul in seinem Fernsehsessel thront und scheinheilig allen in unmittelbarer Umgebung suggerieren möchte, dass es die Unschuld in Reinform sei. Erst bei Dunkelheit wird dieses Biest ihre mörderische Arbeit aufnehmen, indem sie Mäusen einen heldenhaften Tod mit anschließender Verdauung beschert. Um auf den Fernsehsessel zurückzukommen sei gesagt, dass nachdem Sie dieses exklusive Möbelstück in Ihr Heim getragen haben, es von einer Sekunde zur nächsten zum eigentlichen Besitz der Katze geworden ist. Aus neuwertig wird, nachdem sich Ihre Mieze mit ihren Krallen an ihrem?!?! Sessel ausgetobt hat, ein Antikmöbelstück, das nur noch als Feuerholz dient. Und der Besitzer der Katze? Der darf sich gnädigerweise auf dem großen Teppich des Wohnzimmerbodens ausbreiten.

Vögel:

Hm? Sich so ein zwitscherndes Federvieh anzuschaffen finde ich nicht sinnvoll! Wieso werden manche fragen? Na ja, glaubt mir, jeder von uns besitzt ja schon so ein Tier! Wo? Genau einen Fingerbreit unter der Schädeldecke! Und das ein ganzes Leben lang! Bedenklich wird es erst dann, wenn sich ein zweiter oder gar dritter Vogel hinzugesellt. In so einem Fall wird man Sie in eine Psycho-Klinik einweisen. Dort dürfen Sie eingewickelt in eine Jacke, deren Knöpfe man zum Zuknöpfen hinten angebracht hatte, inmitten der Größten der Weltgeschichte wie Napoleon, Julius Cäsar, Mao oder gar der liebe Gott den ganzen Tag ausgiebig an die Decke starren.

Hunde, Katzen und Vögel sind von allen Haustieren wohl die größeren! Aber wie sieht es mit den Kleinsten der Kleinen aus - Tiere, die sich durch unsre Liebe einen festen Platz in unseren Herzen erschaffen hatten? Jeder kennt sie! Flöhe, Wanzen, oder Läuse! Alle zusammen allerliebste Geschöpfe, die den Menschen seit Anbeginn seiner Geschichte begleiten. Und jeder von uns sollte sich glücklich schätzen von

so einem possierlichen Krabbler als Wirt einge-
nommen zu werden.

Eine regelrechte Affinität entwickelt der
Mensch beim Anblick eines agilen Flohs. Kein
Wunder, so ein Floh ist von allen Seiten her nett
anzusehen! Der Floh springt mit grazilen Hop-
sern von einem Menschen rüber zum nächsten.
Und wenn ein Einsamer in seinen Glückssternen
nen hervorragende Gene sein Eigen nennt, lan-
det so ein frecher Hüpferling genau auf dem
Kopf des Erwartungsvollen. Völkerwanderung!
Und das seit Adam und Eva! Aber wirklich interessant wird es erst in der Mitte des Körpers!
Dort finden sich jene Tiere ein, die die Möglichkeit suchen an eine geheime Blutspende zu gelangen. Man nennt jene vermehrungsfreudigen
Tiere Läuse! Unsensible Zeitgenossen unter uns
gaben diesen Tieren den unschönen Namen
Sackratten, Ständerkäferchen und auch Ober-
schenkelantilopen - völlig zu Unrecht wie ich
finde! Spätestens jetzt, meine lieben Ehefrauen,
seid ihr an der Reihe, um gewisse Intim-fragen
an den Herrn Gemahl zu stellen. Mit dem anvi-
sierten Blick zur Nähe des Nudelholzes fragt
die Dame ihren Liebsten:

„Mein Allerliebster, mein Schatz, Du Licht in
meinem bescheidenen Dasein, sprich woher
hast Du nur die netten Tierchen her?"

Jetzt, meine Damen, erlebt ihr wie Euch Euer

Herr Gemahl ein surreales Lügenmärchen auf-
zutischen versucht!

„Aber Hasilein", wird der zitternd voller Angst
von sich geben,

„das Viehzeug hab ich mir bestimmt auf dem
Klo geholt! Du weißt doch noch vom letzten
Jahr, wo ich diese Viecher zum ersten Mal bekam, wie versaut unsre Toiletten in der Firma
sind. Glaub mir Hasi, richtige Scheißhäuser
sind das! Gleich morgen werde ich das Thema
mit unserem Betriebsrat besprechen, damit der
alles in die Wege leitet, dass die Putzfrau Wally
mit Desinfektionsmitteln jene widerlichen Spe-
zies aus unserem Umfeld entfernt."

Firma? Ha, der Witz ist gut! Die alte Sau war
wie viele seines Geschlechts auch als Dauergast
im hiesigen Puff tätig. Oder er war mit seinen
unwürdigen Saufkumpanen in irgendeinem
Schuppen, wo einem die Filzläuse schon am
Eingang des fragwürdigen Etablissements wild
entgegenspringen. Obwohl? Es kann gut möglich sein, dass der treuherzige Ehemann seinen
neuerworbenen Privatzoo tatsächlich in einem
WC eingefangen hatte, denn Tiere dieser Art
lauern bevorzugt an Orten, wo es zuweilen an
Sauberkeit und Hygiene mangelt. Trotzdem,
eine Dame sollte ernsthafte Zweifel an den
Worten ihres Herrn Gemahls hegen! Wieso?

Na, dann ratet mal? Kann es sein, dass der verlogene Kerl auf dem Scheißhaus eine wildfremde Schlampe gevögelt hatte? Eigentlich hatte er ein wasserdichtes Alibi, als er behauptete, er hätte sich die Tiere auf dem Klo geholt! Das Gegenteil muss ihm erst noch bewiesen werden! Und somit sei ein vorzeitiger Vorwurf mit Bedacht zu äußern. Hm, wäre da nur nicht die Dame, die dem Herrn im Klo helfend zur Seite stand! Helfend? Ja! Denn manchmal kann es passieren, dass sich der Reißverschluss einer Männerhose ohne fremde Hilfe nicht öffnen lässt.

Ja, ja! Firmenklo und klemmende Reißverschlüsse! Ich leg mich gleich vor Lachen auf den Boden! Der Bastard hat Sie, meine Gute, mit irgendeiner Zwanzig- Euro-Nutte betrogen. Und als Wechselgeld gab ihm das Luder eine Handvoll Intimkäfer.

Eklig? Nein! Diese Tiere sind bei näherer Betrachtung wahre Schönheiten! Man darf sich bei manchen Männern – besonders denen, die an der Tierliebe leiden – nicht sonderlich wundern, denn so eine Filzlaus ist eben ein liebliches Geschöpf, das man unbedingt vor den Gefahren der Umwelt schützen sollte. Wenn so ein Läuslein mit ihren süßen Äuglein (dafür braucht man unbedingt ein Vergrößerungsglas) die Männerwelt anhimmelt, muss doch jedes noch so verhärtete Männerherz wie heißes Wachs dahinschmelzen. Und auch die ehrenwerten Ehefrauen freuen sich ungemein über jenen tierischen Familienzuwachs! Und um dem Gatten ihre Tierliebe zu bezeugen, kommt das berühmt berüchtigte Nudelholz am Gatten zum Einsatz. Man kann dies an seinem lautstarken Hurrageschrei oder nur Geschrei erkennen. Nicht nur untreue Männer bieten diesen Tieren ein fruchtbares Biotop, auch deren Ehefrauen haben bei gegebenen Anlässen die Möglichkeit die eine oder andre Filzlaus an ihrem Geheimsten zu beherbergen. Nur deren Tierliebe lässt zuweilen zu wünschen übrig. Dabei ist eine Filzlaus der Marienkäfer unter den Liebenden. Ein Geschenk der Liebe sozusagen! Und weil das so ist, muss man Filzläusen und Co, bevor sie endgültig von der Weltbühne verschwinden, größtmögliche Ehrerbietung zukommen lassen. Es wäre doch ungemein schade, wenn eine weitere Tierart aussterben würde.

Einen schönen Tag noch!

6 Papa, wie ist das nun mit dem Vögeln?

„Hallo Papa", sagte der zehnjährige Franzl zu seinem Vater,

„wir müssen in der Schule einen Aufsatz schreiben!"

„Und?", fragte der Vater,

„soll ich ihn für Dich schreiben? Also sprich, wie kann ich Dir dabei helfen?"

„Papa, wie ist das nun mit dem Vögeln?"

Der Vater des Franzl bekam erst mal einen gehörigen Schock. Mit so einer brisanten Frage hatte er wohl nicht gerechnet. Doch nach einigen Minuten, in denen er sich von der Frage seines Lausbuben erholen konnte, dachte er sich:

„Aha! Jetzt ist es also soweit! Der Kleine will, was die Sexualität betrifft, aufgeklärt werden. Okay, der Junge ist immerhin zehn Jahre, Zeit wird's ja!"

Und so machte man sich daran, ein klärendes Vater-Sohn Gespräch zu führen.

„Mein Junge, es heißt nicht Vögeln, sondern Lieben!"

„Ist schon gut Papi! Aber wie geht es weiter? Wie funktioniert denn nun das Vögeln, äh, Lieben wollte ich sagen?"

„Also mein Sohnemann, zur Liebe braucht es

zwei Menschen. Meist sind es Mann und Frau! Nur in Ausnahmefällen geht das Liebesspiel auch zwischen zwei Männern oder gar zwei Frauen. Doch für Dich ist es erst mal wichtig, was Männer mit Frauen anstellen, damit kleine Babys zustandekommen."

„Babys?", fragte der neugierige Franzl.

„Aber ja doch", antwortete ihm sein Vater, „wenn sich zwei Leute – Mann und Frau wie schon erwähnt – heimlich treffen, um sich zu lieben, kann es durchaus möglich sein, dass nach neun Monaten – solange dauert es – ein süßes Baby auf die Welt kommt!"

(An diese Zeitspanne, wo ein zukünftiger Vater seine dahinfließende Freiheit den Bach runter düsen sah, konnte sich der einstige Gemeindecasanova – also der Vater von Franzl - nur zu gut erinnern. Seine damalige Freundin – Franzls Mutter - drohte ihrem Schande verursachenden Galan mit einem vernichtenden Vaterschaftsprozess, wenn er sie nicht auf der Stelle – also noch vor der Geburt des Kindes - vor dem Traualtar führen würde. Und so wurde aus dem einstigen Weiberheld ungewollt ein fürsorgender Vater und Ehemann.)

„Und?", fragte sein Sprössling, „war das alles zu diesem Thema, da kommt doch sicher noch mehr? Erzähl´ doch mal, wie war es bei Dir und der Mama?"

Jetzt wusste der Vater, dass es ein sehr langes Gespräch werden würde, denn sein Sohnemann war in der Familie bekannt dafür, alles genauestens hinterfragen zu müssen.

So ähnlich!", sprach der Vater sehr kleinlaut. **(Er konnte es seinem Sohn ja nicht zumuten, dass er damals, als der Kleine gezeugt wurde, einen totalen Fehlschuss verursacht hatte. Alles nur, weil er kein Geld für ein Kondom übriggehabt hatte. Und aus erotischem Spaß wurde eine lebenslange Verpflichtung.)** Aber reden wir über die wahre Liebe! Junge, wenn Du – sagen wir mal in vier oder fünf Jahren – ein hübsches Mädchen siehst, dann, mein Sohnemann, wird es Dir wie allen Jungs in Deinem Alter den ganzen Körper rauf und wieder runter kribbeln. Und wenn das geschieht, geht im Hosenladen der Punk ab. Glaub mir, mein Junge, bei so einem Anblick wird Dein Pimmelchen zu einem wahren Monster heranwachsen! Kleiner Pimmelmann!

(Aufklärung auf der niedrigsten Ebene)

Denn der kleine Bursche, der dann neugierig aus dem Hosenschlitz hervorlugt, will das Mädel doch auch sehen! **(Der Vater wusste, dieses heikle Thema würde sicher besser und informativer und vor allem gefühlvoller erklärbar sein! Aber für einen Zehnjährigen muss**

50

es wohl für`s Erste reichen.)"

„Erzähl weiter!", fragte Franzl neugierig.

„Was passiert dann?"

„Das mein Guter", sagte der mittlerweile in Erklärungsnot geratene Vater,

„wird Dir das Mädchen mit eindeutigen Gesten schon zeigen! Spätestens, wenn ihr beide nackt seid und Dich das Fräulein **(Fräulein! Dieses Wort wird in dieser Story noch eine gewichtige Rolle übernehmen.)** zu wohltuenden Zärtlichkeiten überredet, die Dir noch sehr fremd vorkommen werden, weißt Du Bescheid! Doch bevor es losgeht, besorg´ Dir einen Gummi!'

Den letzten Satz hatte der Franzl aufgrund der auf ihn hereinbrechenden Verwirrung überhört. Und so wurde Franzl von seinem Vater aufs Feinfühligste aufgeklärt! Toll! Eigentlich wusste der Sohn immer noch nicht so recht, was das alles, was sein Vater ihm erzählte, mit dem Vögeln zu tun haben sollte. Aber was soll's, für einen Aufsatz wird die Geschichte schon reichen. Mit dem Elan eines frühpubertierenden Lausbuben machte sich Franzl ans Werk, die Geschichte, die ihm sein Vater nahegelegt hatte, auf ´s Papier zu bringen. Der Lauser gab sich für diesen einen Aufsatz, den er seiner Lieblingslehrerin widmete, die größtmögliche Mühe. Es sollte sein absolutes Bravourstück werden, denn Franzl war in seinem kindlichen

Eifer - wie es viele in seinem Alter ja auch tun - in seine Klassenlehrerin verliebt. Fräulein Christine Bergel! Fräulein deshalb, weil es die gutaussehende Dame nie schaffte, von einem Mann in einen legitimen Beziehungsstatus mit allem, was dazugehört, geführt zu werden. Eigentlich war die Dame - was die Liebe betrifft – etwas, wenn nicht zu sehr schüchtern. Mit anderen Worten, es dürfte keinen Herrn im Dorf zu sehr wundern, wenn Fräulein Bergel noch zur Liga der Unberührten zählen würde. Und der Franzl wollte diesen Umstand, den die Dame bei allen Männern verbreitete, ändern. Um seiner geliebten Lehrerin einen alles klärenden Aufsatz zukommen zu lassen, setzte sich Franzl den ganzen Nachmittag in sein Kinderzimmer und begann zu schreiben. Und seine ältere Schwester Rosamunde stand ihm bei seinem edlen Vorhaben beratend zur Seite. **(Die alte Kröte wusste genau, für diesen Aufsatz bekommt der Bruder seine Extraportion Fett ab! So funktioniert Geschwisterliebe auf hohem Niveau.)** Ganze fünf Stunden hatte Franzl in das Liebesepos investiert. Daraus wurde eine ganze DIN A4 Seite. Immerhin! Für einen Lausbuben, der nur Sport und Wurstbrote im Sinn hatte, war es sicher eine Mammutaufgabe! Franzls Aufsatz strotzte nur so vor Liebe und der dazugehörigen Romantik. Müde vom vielen Schreiben und noch mehr des Nachbesserns fiel Franzl wie ein Stein in sein Bett. Doch die Aufregung, der Lehrerin seine Liebe zu gestehen, ließ den Franzl die ganze Nacht hindurch nicht einschlafen. Seine Gedanken über das Bevorstehende kreisten wie hungrige Fliegen um eine Sahnetorte.

„Werde ich es bringen?", dachte er sich, „oder war alle Mühe umsonst!"

Doch irgendwann sagte sein unterbewusstes Ego: **Franzl, leg los, Du schaffst das!**

Endlich, die Nacht war um. Unser verliebter Galan wollte beim Vortragen seines lyrischen Werkes mächtig Eindruck hinterlassen und so genehmigte er sich das seltene Ereignis einer reinigenden Dusche. Und um seine Aura im Verliebtsein noch weiter hervorzuheben, gönnte er sich aus dem Badeschrank das wohlriechende Aftershave seines Vaters. **(Mann, das Zeug brannte vielleicht!)** Noch schnell ein akkurat gezogener Linksscheitel und die gestreifte Krawatte, die er damals bei seiner ersten Kommunion trug, und sein Outfit für sein kommendes Vorhaben war in seiner Vorstellung perfekter als perfekt. Im Schulbus las Franzl seine Geschichte nochmal genau durch und kam zu dem Entschluss, dass er alles richtig gemacht hatte. Na ja, um an diesem Werk weitreichende Änderungen durchzuführen, war es kurz vor Unterrichtsbeginn dann doch zu spät.

Im Schulgarten stibitzte Franzl einige rote Rosen, damit seine große Liebe, Fräulein Bergel, weich wie Saharabutter werden würde. Punkt acht! Die Klasse war – man möchte es nicht glauben - vollzählig anwesend und das Fräulein Bergel betrat wie immer als Letzte das Klassenzimmer. Erst jetzt konnte der Unterricht beginnen. Und als erste Unterrichtsstunde an diesem denkwürdigen Morgen stand das Deutschfach – und somit das Vorlesen der Aufsätze aller Schüler auf dem Stundenplan. Und Franzl als Klassensprecher durfte wie so oft als Erster sein Werk vortragen.

„Fräulein Bergel", sagte Franzl mit sichtlichem Stolz,

„das Thema meines Aufsatzes lautet:

„Vögeln und die Liebe"

Fräulein Bergel, diesen Aufsatz habe ich einzig nur für Sie geschrieben. Sie sind, wie Sie sicher schon selbst herausgefunden haben, meine absolute Lieblingslehrerin. Und auch ich weiß, dass Sie mich sehr gerne haben. Eigentlich weiß das die ganze Klasse. Und außerdem haben Sie mich unter fünf Bewerbern zum ersten Klassen-

sprecher ernannt, was als eine große Ehre zu bewerten sei. Als solcher habe ich das Vergnügen,
als Einziger die mit Kreide beschmierte Tafel
abzuwischen. Jeder, der diese - und das ist ein
ewiges Schulgesetz – ehrenvolle Aufgabe übernehmen darf, hat bei seinen Lehrern – vor allem
bei Lehrerinnen - unzählige Sympathiepunkte
eingeheimst. Und ich? Ich bin derjenige, der die
Tafel für die netteste und hübscheste Lehrerin
der gesamten Schule reinigen darf! Wenn das
mal kein Hurraruf wert sei! Das Tafelreinigen
ist ja schon was Besonderes! Am liebsten würde
ich lauter Sechser im Zeugnis produzieren, nur
aus einem Grund, damit ich sitzenbleiben und
ein weiteres Jahr mit Ihnen teilen darf. Zu sehr
bin ich von Ihrer lieblichen blümchenhaften
Stimme beeindruckt. Mehr noch - ich klebe wie
Honig an Ihren Lippen! Aber viel lieber als
deutsche Vokabeln zu lernen würde ich mit
Ihnen, Fräulein Bergel, Hand in Hand einen
Spaziergang – nur wir beide - durch unsere
schöne Frühlingslandschaft machen. Die Tafel
darf dann ausnahmsweise mal der zweite Klassensprecher Emil für mich erledigen. Der un-
nütze Kerl will sich bei Ihnen eh nur so manche
Lorbeeren einheimsen. Doch glauben Sie mir,
Emil - die alte Ratte - tut das nur, damit er trotz
seiner Doofheit bessere Noten bekommt. Dabei
ist der Depp nicht mal fähig beim Fußball ein

ordentliches Tor zu schießen. Ich aber stehe Ihnen stets zu ihrer Verfügung, auch ohne schändliche Hintergedanken. Für mich ist es Lohn genug, wenn ich beim Tafelreinigen in Ihre himmelblauen Augen sehen darf. Ehrlich, ich habe noch nie ein so schönes Blau wie das von Ihren Augen gesehen! Mit anderen Worten: Sie sind der absolute Hammer! **(Bei diesem netten Kompliment ihres Lieblingsschülers wurde Fräulein Bergel zusehends verlegen. Mehr noch, die Dame fühlte sich ungemein geschmeichelt. Nur eines ist schade, dass die netten Worte von einem zehnjährigen Schüler stammten und nicht vom Oberlehrer Budlich, auf den sie schon seit langem ein Auge geworfen hatte!)** Meine Liebste, ich will Sie anhand dieses Aufsatzes näher kennenlernen. Und zu diesem Zweck würde ich Sie bitten, mit mir das nächste Wochenende zu verbringen. Nur wir beide! Sie sind ja, wie ich weiß eh alleine, und so müssen Sie sich vor niemandem rechtfertigen. Ich hingegen habe zu meinen Eltern gesagt, ich würde dem Mirlach Hans bei seinen Hausaufgaben helfen. Diese Ausrede mussten sie einfach glauben, wo doch der Hans - auch wenn er der Sohn des Bürgermeisters ist - dümmer als eine Brise Salz ist. Für unser Treffen habe ich umfangreiche Vorkehrungen zu seinem Gelingen getroffen. Damit unser zweisames Wochenende der totale Erfolg wird, habe ich das Klubhaus unseres Pfadfindervereins für unser erstes Rendezvous reservieren lassen. Das war auch kein sonderliches Problem, denn wer geht denn heute in Zeiten des Handy- und des Computerzeitalters noch zu den Pfadfindern! Ha, Keiner! Nur der alte Zausel Waldemar, der als erster Vorsitzender noch immer von der guten alten Zeit träumt, wo er sich mit einem Haufen Irrer durch den Wald gequält hat! Aber wie ich aus bestimmter Quelle erfahren durfte, verweilt er gerade am nächsten Wochenende mit der Windeltruppe aus dem Nachbardorf in den Bergen. Und somit haben wir beide eine sturmfreie Bude. Wau, wenn das mal kein Erfolg wird! Um uns zu stärken, habe ich leckere Salzbrezeln und Cola geordert. Und um uns für das Kommende anzuregen, habe ich eine Flasche Prosecco – den meine Mami so gerne trinkt – kaltgestellt. Also Fräulein Bergel, ich habe all meinen jugendlichen Mut hergenommen, um diesen klärenden Aufsatz, in dem meine Gefühle zu Ihnen dargestellt wurden, zu schreiben. Jetzt - meine Liebe - liegt es nur noch an Ihnen, ob Sie die zwei Tage ganz allein und einsam in Ihren vier Wänden verbringen wollen oder sich trauen, mit mir ein nettes, romantisches Wochenende unter Ausschluss anwesender Spanner zu feiern. Also meine ganz große

Liebe, jetzt kommt die Frage aller Fragen:

Bitte Fräulein Bergel, halten Sie sich fest! Hätten Sie Lust mir das Vögeln beizubringen!" **(Wie schon erwähnt half ihm seine Schwester!)**
Die gesamte Klasse brüllte vor Lachen. Und manche Schüler lagen belustigt auf dem Boden und strampelten wild mit den Beinen. Nur der Lehrerin, als sie sich vom ersten Schock erholt hatte, war das Lachen vollends vergangen. Die aufgebrachte Dame schrie wie eine Furie durchs Klassenzimmer:
„Du verkommener Fratz, was erlaubst Du Dir! Dein Vater und Du, ihr habt das Thema falsch verstanden! Der Aufsatz dreht sich um Vögel! Vögel! Tiere mit Federn, verstehst Du, nicht das, was Dir Dein Vater zu verstehen gab. Du bekommst für diesen Mist, den Du geschrieben hast, 'ne glatte sechs und Deinen Status als Klassensprecher bist Du auf unabsehbare Zeit los! Jetzt darf der Emil Deinen Platz zum Tafelreinigen einnehmen. Und außerdem verlange ich von Deinem Vater, dass wir uns in den nächsten Tagen im Rektorat im Beisein des Rektors zu einer ernsthaften Aussprache einfinden. Verstanden!"
„Ja!", gab Franzl kleinlaut zur Antwort und wurde dabei rot wie eine überreife Tomate. Die

Liebe zu seiner Lehrerin war der erste Flop, den er in seinen zehn jungen Jahren erfahren durfte. Von wegen, die Liebe sei eine Himmelsmacht! Eine Kacke ist sie!
Sein Vater, der den Franzl so erfolgreich aufgeklärt hatte, musste in Demutshaltung vor die Obrigkeit der Schule treten, wo ihm sein gesamtes Gedankengut unter Androhung einer Anzeige ausgeredet wurde.

Dieses verhängnisvolle Gespräch brachte dem Franzl einen vierzehntägigen Hausarrest und das Sperren des Taschengeldes auf unbestimmte Zeit ein. Und die boshafte Schwester, der Franzl alles zu verdanken hatte? Die bekam zum Dank für ihre Mühen vom Bruder Franzl ein purpurblaues Auge.

Ein solches Desaster passiert meist, wenn man als frühreifer Teenager nicht vernünftig aufgeklärt wird.

Liebe Leser, Ihr seht selbst, die erste große Liebe erlaubt nur in seltensten Fällen ein glückliches Happyend!

7   Von der Natur und dem Pech geküsst

Früher war alles besser! Pure Tatsache! Da konnte man mit seinen Kumpels zechen bis der Notarzt kam und am nächsten Tag war alles wieder vergessen und die Orgie konnte von Neuem beginnen. Das war früher! Heute kann sich ein feierfreudiger Herr die übelsten Scherereien einhandeln, wenn er nur ein klitzekleines Mal über die Stränge schlägt. Als wenn es verwerflich sei, wenn ein gestandenes Mannsbild von einer hübschen Krankenhausschwester wegen einer simplen Alkoholvergiftung den Magen ausgepumpt bekommt. Hübsche und heiratswillige Krankenschwestern lieben solche Aktionen! Mein Freund Rainer kann dies unter Eid bestätigen. Er war wie sein Freund **(Ich)** auch zuweilen einer, der so manche Nächte zum Tag machte. Wir hatten eben das Fledermaus-Gen in uns! Vor dreißig Jahren waren wir beide diejenigen, an denen keine einzige Party vorüberging. Wir waren - wie man so schön sagt - genusssüchtige Partylöwen! Und wie sollte es anders sein - wir waren bei jedem Fest, wo man uns Bier kredenzte, blauer als ein strahlender Sommerhimmel.

Die Menge, die wir konsumiert hatten, hätte gereicht um den Bodensee trockenzulegen. Na ja, ganz so schlimm war es dann doch nicht, aber für den Chiemsee hätte es allenfalls gereicht. Freitagnachmittag, gleich nach der Arbeit tigerten wir los und Montag kurz vor unserem Arbeitsbeginn kamen wir nach Hause, um uns für den Dienst mit einem deftigen dreifach Aspirinmüsli und zwei Litern Mineralwasser vorzubereiten. Ob dies gesund sei? Unwichtig! Es diente ausschließlich dem Überleben.

Das eine kann ich Euch sagen: unsre Chefs bekamen bei unserem Anblick oft tränende Augen. Manchmal wenn uns das Nachtleben zu sehr zugesetzt hatte, sagten unsre Bosse, dass wir besser täten, wieder nach e zu gehen, um die Krise, die uns eingehüllt hatte, mit einer Mütze Schlaf zu entmachten. Aus diesem Grund waren wir in der Firma die absoluten Lieblinge unserer Kollegen. Glaubt mir, die waren richtig happy, denn an diesem Tag durften sie allesamt für uns zwei Mitternachtseulen mitarbeiten. Mann, die jubelten vielleicht! Unsere Kollegen ließen uns in kollegialer Eintracht und dem Verständnis für unser Leiden in unzähligen Flüchen hochleben.

Doch den krassesten Absturz erlebten wir an einem sonnigen Wochenende in den 80er Jahren.

Rainer und ich trafen uns wie üblich am Freitagnachmittag in unserem Biergarten. Es war
stets derselbe Ablauf! Wir konnten von uns gut
behaupten, dass wir uns im Laufe der Zeit eine
gewisse Konstante angeeignet hatten, was
unsre Tourneedaten durch die Gastronomie be-
treffen sollten. Dem Biergartenwirt Alfons waren wir - weil durch uns Geld ins Haus kam -
seine allerliebsten Kinder.

Mit den anderen aus der Clique saßen wir in il-
lustrer Runde und versorgten unsere von fünf
Tagen während dem Arbeitsstress gequälten Körper mit lebenswichtigen Nährstoffen. Und die
kommen eh nur in gut gekühltem Bier vor!
Doch irgendwann wurde mir die ewige Eintö-
nigkeit auf Dauer zu öde, immer nur dieselben
Sprüche zu hören. Ich rebellierte! Und so

sprach ich zu meinem Freund und Busenkumpel:

„Hey Rainer, was soll das alles? Wir erleben jedes Wochenende dieselbe Kacke! Was hältst Du davon, wenn wir was Anderes, was Neues, Interessanteres unternehmen?"

Der sah mich mit einem frohlockenden Gesichtsausdruck an, den nur Bierfanatiker besitzen und wunderte sich über mein revolutionäres Gerede. Die Routine durchbrechen und sich ins Terra-Inkognita stürzen? Gefährlich, sehr, sehr gefährlich! Nach einer kleinen Pause des Nachdenkens war es dann soweit. Rainer hatte alle Bedenken in Bezug der Änderung unseres Wochenendtreibens gedanklich mit beiden Armen über Bord geworfen.

„Wau", sagte er zu mir,

„endlich mal was anderes als der übliche Biergartenabsturz. Und ich glaubte immer, Du besäßest keine brauchbaren Ideen mehr wie wir in stilvoller Grazie abfeiern! Los sprich, an was dachtest Du?"

Und ich antwortete:

„Wie wär's mit Camping? Zelten in den Isarauen war schon immer das absolute Highlight!"

Ich hatte Glück! Mein Angebot wurde von meinem Freund mit der Note **„Sehr Gut"** beurteilt. Und so leerten wir unsre Biergläser! Jetzt hieß es sich für das anstehende Naturevent mit Lebensmitteln, Bier und Sonstigem einzudecken. Damit das Fest unter Gottes Firmament ein Erfolg werden würde, orderten wir zwei Kästen Bier, drei Flaschen Rotwein aus der Kategorie Bauern- und Pennerwein **(der Liter zu je 0,99)**, fünf Packungen Tabak und als feste Nahrung, die wir ins Lagerfeuer legen konnten, kauften wir vier paar Wiener Würstchen, drei Semmeln und eine Flasche Ketchup. Dies müsste für uns mehr als genug sein! Jetzt muss das Zeug nur noch in Richtung Isarauen bewegt werden. Nur wie? Hm? Schwierige Frage! Erst nach umfangreichen Recherchen fand sich einer aus dem Biergarten bereit für uns den Lieferanten zu spielen. Fredi und sein Mofa! Ausgerechnet Fredi! Jeder weiß, dass der Kerl mehr säuft und frisst als ein ausgewachsenes Nilpferd. Wäre er als Frau zur Welt gekommen hätten ihn die Holledauer Hopfenbauern zur Hopfenkönigin gewählt. Die Wiener mussten zu unserem Leidwesen nun durch drei geteilt werden. Und das Bier erst! Fredi, der alte Säufer, lebt seit Jahren von Freibier! Der badet sogar darin!

Trotzdem - der Kerl hielt sein Wort für uns den Chauffeur zu spielen. Der Fredi fuhr mit seinem auffrisierten Mofa abwechselnd mich, das Bier und zu guter Letzt den Rainer an die vereinbarte Stelle wo wir das Zelt aufschlagen wollten.

Dort angekommen, suchten Rainer und Fredi geeignetes Feuerholz und ich versuchte das Zelt aufzubauen. Und schon gab es erste Probleme! Da Rainer und ich zu den schusseligen Zeitgenossen zählen, hatten wir die Heringe zur Zeltverankerung bei einem anderen Fest im Erdreich stecken lassen. Dort rosten die Dinger fleißig vor sich hin! Was für ein Scheiß! Mit einem Taschenmesser, das so stumpf war, dass man keinen Käse hätte damit schneiden können, versuchte ich zu improvisieren, indem ich solche Befestigungshaken aus herumliegenden Ästen zu schnitzen versuchte. Es ging auch flott von der Hand, jetzt müssen diese Dinger erst mal ihre Feuertaufe bestehen, denn der Wetterbericht prophezeite, dass es ausgerechnet an diesem Wochenende etwas Regen geben sollte. „Das bisschen Wasser", dachte ich mir, „wird uns Drei schon nicht umbringen! Und schwimmen können wir ja eh!"

So hört sich der Humor eines Wasserscheuen an!

Das Feuerholz entpuppte sich zu einem weiteren Problem! Denn selbst im Hochsommer lagert das Auenholz Unmengen an Flüssigkeiten ein, was dazu führte, dass ich mindestens zwei Stunden Zeit brauchte, um ein wärmendes Feuer zustande zu bringen. Und als es endlich soweit war, fehlte jedes Material, das man drauflegen hätte können.

Unser Grillgut wurde schon zuvor entsorgt. **(Gefressen einzig von Fredi! Fredi, Du verkommene Sau!)** Na gut, die Nahrungsmittel waren nicht der springende Punkt. Drastisch wurde es erst, als der erste Kasten Bier geleert war. **(Und wieder war der Fredi fleißig an jenem Verlust beteiligt!)** Wir ahnten es, dass wenn wir weiterhin in dieser Geschwindigkeit maßlos drauflos picheln, ist schon samstags Schluss mit lustigem Halligalli! In dieser Nacht hatten wir keinerlei Probleme in unendlicher Eintracht in Tiefschlaf zu versinken. Mitten in der Nacht erschallte ein donnerndes Geräusch, das zudem von einem orkanmäßigen Windgestöber begleitet wurde. Da die Heringe, die das Zelt stabil halten sollten, aus geschnitztem Geäst waren, gaben die maroden Dinger unter dem Orkan nach und mit einem Mal flog das Zelt über unsre Köpfe. Mit vereinten Kräften und sechs fleißigen Hände schafften wir es gerade noch, dass wir unser schützendes Dach festhalten konnten. Trotzdem, der Wind war schuld, dass der Reißverschluss des Zeltes total zerrissen wurde.

„Eh", fluchte Rainer,

„Hauptsache ist, dass wir nicht völlig im Freien stehen! Und den Zelteingang mit dem abgefuckten Reißverschluss halten wir eben mit den

Händen zu! Irgendwann wird sich das Wetter ja doch noch ändern!"

Rainer sollte mit seiner Aussage Recht behalten! Das Wetter änderte sich tatsächlich! Zu dem Donner, Blitz und orkanmäßigem Wind gesellte sich ein weiteres Wetterphänomen hinzu: Regen! Sintflutartige Wassermassen strömten auf uns arme Sünder hernieder. Wir fühlten uns, als säßen wir in einem sinkenden U-Boot! Toll! Einen Vorteil hatten wir: durch das viele Wasser ertranken alle Mücken, die uns zuvor noch als Blutspender angesehen hatten. Zur allgemeinen Freude schiffte es den ganzen Abend hindurch ohne auch nur für einige Sekunden zu pausieren! In meinem geistigen Auge sah ich wie sich zentnerschwere Karpfen an uns kuschelte. Erst bei Sonnenaufgang klärte sich die Schlechtwetterfront zugunsten dreier Ertrinkender. Jetzt erst merkten wir, dass wir ein wichtiges Element vergessen hatten: Kaffee! Obwohl? Wie hätten wir dieses aufmunternde Getränk zustande bringen können? Wir hatten ja kein Feuer, um heißes Wasser für dessen Zubereitung herzustellen. Und so mussten wir entgegen aller Moralethik unser Frühstück mit Bier und Zigaretten beginnen - und das auf nüchternen Magen! Dem Fredi war es egal, der Kerl kennt ja eh nichts anderes! Aber der Rainer und ich? Jeder, der dasselbe erleben durfte, wird den Unwissenden bezeugen, was wir uns bei dieser morgendlichen Mahlzeit eingefangen haben! Die wilden Tiere in den Isarauen hatten mit uns Minushelden die größte Freude. Sie alle durften erleben wie Drei, die von den Zehen bis zur Haarkante mit harmonisierendem Hopfentee befüllt waren, durch die Au krabbelten. Ich wollte damit sagen, dass wir Drei besoffener als ein Dutzend Matrosen auf Landgang waren. Anhand unserer anhaftenden Kreislaufprobleme war es uns unmöglich, weiterhin ein geordnetes Camperdasein aufrechtzuhalten. Ich, der noch ein Quantum an Energie besaß, hasste den Gedanken an diesem für uns so grausamen Ort jämmerlich zu verhungern. Ich will nicht als Kompost in den Isarauen enden! Da half nur eines! Ich musste künstlerisch tätig werden. Ich schnitzte eine Lanze, um träumerisch -wie ich nun mal- war auf Jagd zu gehen. Als wenn ich hoffnungsloser Tierfreund es fertig brächte, einem Vierbeiner was anzutun. Trotzdem wollte ich mich nicht meinem Schicksal des Verhungerns ergeben. Und so schlich ich durch das Unterholz der Auenlandschaft. Da hörte man jede Menge tierischer Geräusche! Nur nicht was man hätte aufspießen können! Ich kam an einen einsamen Altarm der Isar. Dort - so erhoffte ich mir- würde ich was zum Grillen erbeuten. Während Rainer und Fredi wie liebliche Elfen um einen Baum tanzten, versuchte ich für uns drei Nahrung aufzutreiben. Doch dann!?!?, ein Geräusch!

„Was war das?", dachte ich mir,

„an der Wasseroberfläche hat sich doch was bewegt!"

Und tatsächlich, eine unvorsichtige Brasse **(schmackhafter Fisch)** paddelte gemächlich das Ufer auf und ab. Dies war meine Chance! Auf leisen Sohlen schlich ich mich an das fette Tier heran. In mir erwachte der Urinstinkt eines Jägers. Aber auch erste Skrupel wegen meiner angeborenen Tierliebe kamen hoch, doch Hunger stärkte meinen Entschluss diesen Fisch dann doch noch zu killen. Mit einem olympiareifen Wurf ließ ich den Speer in Richtung des ahnungslosen Fisches düsen. Und tatsächlich - am Speer zappelte das zum Tode geweihte Tier! Ich muss wohl nicht erwähnen wie ich mich fühlte! Mir war zum Heulen zumute. Aber fürs Erste war unser Hungertod auf Eis gelegt. Schnell machte ich mich daran ein brauchbares Feuer zu entflammen. Nach mehreren Versuchen **(wieder zwei Stunden)** schaffte ich es dann doch noch diesen Fisch auf die Glut zu legen. Wir Drei saßen wie die Geier vor dem lodernden Lagerfeuer und warteten auf unser Mahl. Und als der Fisch fertig und gebräunt vor uns lag, stürzten wir uns wie ausgehungerte

Wölfe auf das Fischlein. Feinst säuberlich wurde das Tier bis auf die blanken Gräten abgenagt. Abgenagt? Nein, es wurde feinst säuberlich abgeleckt. Wissenschaftler würden skelettiert sagen. Den Rest – also das Grätengerüst - hätte man, nachdem wir damit fertig waren, als Anschauungsobjekt in einem Museum zur Schau stellen können. Zum Nachspülen hatten wir nur noch sieben Biere! Nicht viel, wenn man bedenkt, dass der Fredi mit von der Partie war. Der Wein war ja schon am Vortag ade! Nachdem einer nach dem anderen wieder zu klarem Verstand gekommen war, wurde uns schlagartig bewusst, dass wenn das Bier zur Neige geht, auch das Wochenende in freier Natur mit seinen Vögeln, Mücken und orkanmäßigem Regen ein jähes Ende finden würde.

Eine Stunde später:

Das Unvermeidliche war nun soweit. Fredi, der alte Alki, kaperte das letzte Bier. Und wie es aussah, war unser Wochenendtrip schon am Samstagnachmittag zu Ende. Mit der letzten Flasche wurde für uns der traurige Schlussakkord eingeläutet. Aus die Maus!

„Männer", sagte Fredi mit einem verlegenen Unterton. Kein Wunder - der Kerl soff ja das letzte Bier:

„I könnt mit de Mofa in de Stadt reinfahrn und neues Bier ordern. I ham nur kei Geld!"

Dieses Angebot eines notorischen Vollblutalko-holikers bedarf einer außerordentlichen Krisen-sitzung. Vertrauen steht dem Misstrauen gegen-über! Was sollten wir tun?

„Fredi", sagte ich zu der alten Schluckente, „hat Dein Mofa auch genügend Platz für Bier, Zigaretten und ein paar Grillwürstel?"

„Aba logo", antwortete Fredi, „wenn es sei muss leg i zu dem Kasten Bier a no a halbers Schweinderl dazu! Glaubt ma, des Teil hoid was aus!"

Das glaubten wir gerne! Denn wer den Fredi mit seinem grazilen Elfenkörper **(125 Kg)** sieht, entwickelt für sein Mofa unendliches Mitge-fühl!

„Egal", sagten wir uns, „Hauptsache der Kerl bringt Bier, Zigaretten, und was für unsre Zähne ran!"

Wir gaben Fredi unsre letzten zwanzig Euro. Beim Wegfahren rief ihm Rainer hinterher:

„Fredi, pass' bloß auf das Geld auf, damit Du es nicht verlierst. Denn es ist unser letztes für die-ses Wochenende! Verstanden! Sonst....!"

„Aba ja doch!", antwortete Fredi und düste wie eine aktive Rakete davon. Rainer rechnete nach und sprach:

„Deuml, wenn sich die Schlaftablette Fredi be-eilt, könnte er in – sagen wir mal – zwei oder drei Stunden wieder hier sein. Und? Was machen wir derweil?"

„Däumchen drehen!", sagte ich desillusioniert, „was sollen wir sonst tun!"

Nun, Fredi ist nicht gerade dafür bekannt sonderlich verlässlich zu sein, da können schon erste Zweifel auftreten. Es half nichts, wir mussten warten. Während ich das Feuer am Lodern hielt, fisselte Rainer die letzten Krümel aus seinem Tabaksbeutel, um sich und mir ´ne Kippe zu drehen. Doch in was sollte das Zeug eingedreht werden? Wir hatten ja kein Zigarettenpapier mehr! Und mitten in der öden Pampa einen Zigarettenautomaten zu finden konnten wir auf jeden Fall vergessen. Diesen Luxus hatten wir in den Weiten der Isarauen nicht. Der Regen war schuld, der machte alles Papier unbrauchbar! Jetzt hieß es entweder einen nikotinellen Cold Turkey zu erleiden oder nach Alternativen Ausschau zu halten. Und aufgeben war ja noch nie mein Ding. Beim Durchsuchen der Isarauen fand ich rein zufällig eine berühmte Zeitung – mit der sich bestens gammeliger Fisch oder stinkender Käse - vom vorigen Jahr - einwickeln ließe.

„Hm", dachte ich mir,

„das ist auch Papier! Immer noch besser als unser letzter zwanzig Euroschein. Denn auch den hätten wir Stunden später in einem Anfall von ungebändigter Sucht durch unsre Lungenflügel gejagt!"

Man möchte es nicht glauben, zu was eine Volkszeitung!?!? gut sei! Wau, sogar Zigaretten konnte man in diese ewig in blutgetränkte Schundzeitung drehen. Ich nahm den Sportteil, schließlich drehten wir die Kippe selbst. Und so platzierten wir unsern letzten Tabak in das kartondicke Zeitungsblatt. Muss ich wirklich erwähnen, wie wir uns beim Rauchen gefühlt hatten. Das Zeug schmeckte, als hätten wir uns faule Kartoffelschalen reingezogen. Ein Kotzanfall löste einen weiteren aus! Und außerdem hatten wir Beide jetzt das Datum 16.August 1986 auf unseren Lungenflügeln stehen. Bei einer Obduktion - falls wir hier vergammeln sollten - kann dies rein rechtlich gesehen von Vorteil sein. Die Ärzte wissen nun, wann wir unsre letzte Kippe genossen hatten. Trotzdem, für die nächsten Stunden wurde unsre Sucht - wenn auch nur zum Teil - befriedigt. Aber immerhin!

„Mann", fragte Rainer,

„wann kommt Fredi? Mittlerweile sind drei Stunden um!"

„Was weiß denn ich!", antwortete ich genervt.

Und so warteten wir hungrig und ausgedörrt um das Lagerfeuer herum. Aus drei Stunden wurden fünf, dann sechs und bei Stunde acht gaben Rainer und ich jede Hoffnung auf, den Fredi in diesem Leben wiederzusehen!

„Der Kerl hat sicher den Weg zurück zu uns vergessen!", rief ich erzürnt aus,

„der Depp braucht sogar ein Navigationsgerät um den Weg aus seiner Bude zu finden. Wir sollten uns für unsre Doofheit ohrfeigen, dass wir dem Kerl all unser Geld gegeben haben!"

„Und?", fragte Rainer,

„was werden wir nun tun?"

Resigniert zuckte ich mit den Schultern.

„Wie es aussieht, dürfen wir eine weitere Nacht in Gottes Wohnstube verbringen! Irgendwann - so nach fünfhundert Jahren und so - werden zukünftige Archäologen verblüfft sein, wenn sie zwei Gerippe **(die unseren)** finden! Man wird uns für ausgestorbene Neandertaler halten und uns ins Museum stellen. Dort werden uns gelangweilte Teenager bestaunen und uns ausgelutschte Kaugummis zwischen die Rippen kleben. Sind doch tolle Aussichten, nicht wahr!"

Es kam anders als gedacht. Mitten in der Nacht sahen wir zwei Lichter, die unsre Augen blendeten.

„Glühwürmchen?", sagte Rainer.

„Nein", antwortete ich,

„dafür sind die Lichter zu grell! Aber was könnte es sonst sein?"

Hurra! Es war die liebe Polizei! Und als

Wildcamper sind wir das bevorzugte Opfer jenes Berufszweiges.

„Meine Herren", sagte der eine,

„wir wollen zu gerne Eure Ausweise sehen!"

Ha, Ausweise! Dieses Papier lag irgendwo bei uns zu Hause. Keiner der Beamten zeigte Verständnis dafür, dass wir uns nicht ausweisen konnten. Wie auch, wer in Gottes Namen nimmt schon seinen Ausweis mit zum Zelten!

„Meine Herren, freut Euch", sagte der eine ein weiteres Mal,

„um eure Identität festzustellen, müssen wir euch bitten uns ins nächstgelegene Polizeirevier zu begleiten. Habt Ihr Drogen konsumiert?"

„Nein", antworteten wir.

Mit einem Eimer Wasser löschten wir das Feuer und dann durften wir zu unserer Freude hinten im Polizeiwagen Platz nehmen.

„Was für ein Service!", flüsterte ich dem Rainer zu,

„ich hatte schon Angst, wir müssten - wie schon erwähnt - in einem Museum enden!"

Rainer hatte zu diesem Zeitpunkt keine rechte Lust auf meinen Humor und so zeigte er mir den Stinkefinger.

Im Polizeirevier wurden wir freudig empfangen.

„Na toll", sagte einer der anwesenden Beamten, „der Rainer H.! Und? Hast wohl wieder mal an

Deinem Mofa herumgetüftelt! Gib ′s zu? Und wen sehen wir da? Der Herr Deuml ist auch dabei! Das hätten wir uns denken können: wo der eine ist, ist der andre nicht weit davon entfernt."

„Herr Jägermeister, äh, ich wollte natürlich Herr Wachtmeister sagen", versuchte ich mich zu verteidigen,

„wir beide sind unschuldig! Wir waren nur in den Isarauen beim Zelten. Und das ist doch wohl nicht verboten!"

„Natürlich ist es verboten!", sagte der Polizist, „ihr habt, wie ich vermute, unerlaubt die Natur mit eurem Saustall verunreinigt! Und außerdem ist es tatsächlich verboten an der Isar zu zelten. Dafür ist unser schöner Campingplatz da!"

„Da kostet es aber Geld!", sagte ich.

„Ich sagte, es ist verboten! Verstanden!", schrie der Polizist etwas ungehalten. Die verstehen eben kein bisschen Spaß!

„Ja", antworteten Rainer wie auch ich kleinlaut, „wir haben unerlaubt gezeltet, haben aber nichts kaputt gemacht!"

Dadurch, dass man uns seit längerem kannte, wurde unsre Identität in kürzester Zeit geklärt. Nur was das unerlaubte Zelten betrifft, müssen wir – so sagte uns die Polizei – mit unangenehmen Fragen eines neugierigen Richters rechnen. Nachdem unsre Personalien erfasst waren, durften wir uns aus der Obhut der Polizeigewalt verabschieden. Ohne Geld und Zigaretten wandelten wir verzweifelt durch die dunklen Gassen unserer noch schlafenden Stadt.

„Mit dem Fredi", sagte Rainer zu mir,

„wenn ich den in die Finger bekomme, mach ich kurzen Prozess! Nachdem ich ihn behandelt habe, kann man die Schluckente ausgestopft an die Wand stellen!"

„Recht hast Du!", antwortete ich.

Irgendwann findet auch die grausamste Nacht ihr Ende! Mit den ersten Sonnenstrahlen kam so manches Individuum zum Vorschein. Ein total Besoffener, der nur noch mit Mühe den aufrechten Gang zu beherrschen schien, kreuzte unsern Weg.

„Der Kerl", sagte Rainer,

„könnte unser Fredi sein! Könnte! Tut es aber nicht!"

Nachdem uns der abgestürzte Kerl seine gesamte Lebensgeschichte gebeichtet hatte, wankte er von dannen. Die Zeit verging und wir kamen rein zufällig an unserem Biergarten vorbei, wo wir seit jeher Stammgäste waren.

„Hallo Deuml", rief uns einer entgegen,

„Hallo Rainer!"

Als wir uns umdrehten, sahen wir Wirt Alfons, wie er uns freudig zuwinkte.

„Auch Hallo!", antworteten wir,

„Alfons, bitte, bitte rette uns, kannst Du uns mit

einer Tasse Kaffee und einer Kippe aushelfen?"
„Aber ja doch!", sagte der,
„ihr Chaoten habt doch immer Kredit!"
Bei Kaffee und Zigaretten erzählten wir Alfons
von unserer Odyssee in den Isarauen. Vor allem
wollten wir wissen, was aus Fredi geworden ist!
Bei diesem Thema runzelte Alfons seine Stirn.
„Leute", sagte er,
„Eurem Fredi geht es sehr schlecht! Der Arme
liegt im Krankenhaus!"
„Wie das?", fragten wir.
Und Alfons redete weiter.
„Der Lauser war gestern den ganzen Abend bei
mir im Biergarten und soff, bis er um Mitternacht vom Stuhl flog. Alle Bemühungen ihn
wieder auf die Beine zu stellen waren aufgrund
seines verheerenden Zustands vergebens. Und
so blieb nur noch das eine übrig: ich musste den
Notarzt anrufen! Und nun liegt er in einem wei-
chen Klinikbett und träumt von einem See, der
nur aus Bier besteht."
„Aha", sagte Rainer den Braten riechend,
„hatte er Geld?"
„Ja", sagte Alfons,
„zwanzig Euro! Und den Rest – also fünf weitere Bier – ließ er sich bei mir anschreiben!"
„Die Sau!", schrie Rainer,
„der Kerl hat unser gesamtes Geld versoffen!
Und wir? Wir durften in den Weiten der Isar-

auen Hunger, Durst und Nikotinfrust schieben! So kann's gehen, wenn man einem abgefuckten Süffel das letzte Geld gibt!"

Doch das dicke Ende kam erst noch auf uns zu! Wie schon von der Polizei prophezeit, bekamen Rainer und ich eine gerichtliche Aufforderung uns zu dem unerlaubten Camping zu äußern. Und nachdem sich der Richter unsre Geschichte angehört hatte, verdonnerte er uns beide zu zwölf Stunden Sozialarbeit. Wir durften im Herbst alle Vogelnistplätze des Stadtparks säubern. Nur die Ratte Fredi konnte sich von dieser ehrlosen Aufgabe drücken! Und da er den Zeltplatz vorzeitig verlassen hatte, um unser Geld im Biergarten zu verjubeln, bekam er von der Polizei keine Anzeige. Die Kanalratte drückte sich ein weiteres Mal. Eine wochenlange Diarrhö **(Scheißerei)** soll den Kerl heimsuchen!

8   Weg mit dem Ding

Die zwei Kinder des Herrn Lucas wünschten sich zu Weihnachten unbedingt einen Hund - einen Rassehund mit Stammbaum und so! Mit so einem edlen Tier kann man gut bei der Nachbarschaft angeben! Und da Herr Lucas ein weiches Herz hatte, ließ er sich nach längeren Diskussionen von seiner Brut erweichen. Mit ernster Miene gab der Hausherr seinen Kindern zu verstehen:

„Gut! Ihr sollt Euren Hund bekommen! Aber wehe, wenn Ihr glaubt, dass ich oder gar die Mutti, wenn der Köter zu lästig werden sollte, einspringen würden, damit der kleine Racker seine Duftgranaten auf irgendeiner Wiese absetzen möchte!"

„Nein", riefen die Kinder,

„wir und nur wir werden uns um den Wauwau kümmern!"

Bei einem seriösen Züchter, der noch nicht von der Krankheit der Geldgier befallen war, hat sich die Familie Lucas einen Welpen (männlich) in ihr familiäres Reich geholt. Ein Irisch-Setter! Der Lauser hatte - wie von der Familie verlangt - einen weit in die Vergangenheit reichenden Stammbaum. So ´ne richtig edle Tölle! Waldo! Waldo von Tiezenbach! Und wie bereitet man einem Hundewelpen mit blauem Blut ein tiergerechtes Heim? Indem man das Tier sein für ihn bestimmtes Leben führen lässt. Und genau dies schwor die Lucas-Sippe dem misstrauischen Züchter.

„Herr Zöttel (Züchter)", sagte Herr Lucas, „genau das werden wir mit aller Konsequenz tun! Der junge Spund darf den ganzen Tag durch den Park düsen!"

Mit dem neuen Familienzuwachs im Schlepptau, der dem Herrn Lucas satte sechshundert Euro gekostet hatte, bewegte sich der freudestrahlende Tross auf direktem Wege, um sich näher kennenzulernen, in den nahen Park.

„Na ja", sagte die rotzfreche Tochter, von allen in der Familie nur Prinzessin genannt, „an die Leine muss er sich noch gewöhnen, denn ihn den ganzen Tag auf dem Arm durchs Haus tragen –das werde ich bestimmt nicht tun!"

Was für eine doofe Aussage! Als frisch von der Mutter entwöhnter Welpe kann man wohl noch nicht sofort verlangen, dass er Bei-Fuß läuft!

„Das fängt ja schon gut an", dachte sich Herr Lucas, „ich seh´ mich schon wie ich bei Sonnenaufgang unsern Hund ausführen darf, damit ich mit verschlafenen Augen zusehen muss, bis sich der Köter ausgekackt hat!"

Doch die ersten Zweifel begannen sich beim

Anblick des verspielten Welpen zu zerbröseln. Zu lustig sah es aus, wie der Kleine wie eine Gazelle durch den Park tollte. Und die Kinder spielten mit Waldo Fangen! Zum ersten Mal konnte sich das Prinzesschen Tamara zu einem Lächeln hinreißen lassen. Und wer die heillos verzogene Göre kennt, weiß, dass dieser Gefühlsausbruch ein Bild von Seltenheitswert ist. Da Waldo schon zu den Halbwüchsigen gehörte, entstanden bei ihm erste Frühlingsgefühle, als er die vielen aparten Hundedamen im Park sah. Als ob der wüsste, wie das Anbandeln unter Hunden geht, versuchte er erste Begattungsaufhüpfer! Sah sehr lustig aus! Doch das Einzige, was er von den Damen zu erwarten hatte, war ein mahnendes Knurren! Und außerdem bekam Waldo noch die Pfote der genervten Hündin zu spüren.

„Aber Waldo", sagte Herr Lucas, „üben kannst Du, aber zu mehr wird es in Deinem Alter wohl noch nicht reichen!"

Herr Lucas hatte ja so recht! Nach einiger Zeit des Herumtollens legte sich Köter Waldo müde auf die Wiese und schlief seelenruhig ein. Die vielen Hundedamen im Park waren zu viel für den pubertierenden Welpen. Der Schwächeanfall des Hundes kam dem Familienclan Lucas recht gelegen. Jetzt hatte man eine Ausrede, dass man sich im nahen Biergarten zu einer gepflegten Jause einfinden konnte! Für die beiden Kinder soll's 'ne Limo und Pommes geben und der Vater genehmigt sich eine ganze Maß Bier. Und die Mutter? Die gönnte sich nur einen Happen Frischluft. Sie wusste, was nun kommen würde! Die Dame kannte ihren Gatten nur zu gut! Der Alte möchte sich wie so oft in letzter Zeit im Biersumpf suhlen. Frau Lucas schnappte sich die beiden Kinder und ließ ihren genusssüchtigen Gatten mit Hund Waldo allein im Biergarten zurück.

„Vati", sagte sie beim Abschied,

„versuch wenigstens dieses Wochenende, wo uns meine Mutter besuchen möchte, nüchtern zu bleiben!"

„Aber ja doch!", entgegnete Herr Lucas,

„bis zum Abendessen bin ich Zuhause! Versprochen!"

Nachdem die Familie abgezogen war, begann für den Herrn der gemütliche Teil. Mit gemütlich meinte er, dass er sich eine weitere Maß Bier bestellte. Und Waldo? Der Irisch-Setter schlief und träumte von den tollen Hundemädels im Park. Mittlerweile gesellten sich zwei Freunde zu Herrn Lucas. Eigentlich war es nur einer, der Franz, aber da der Herr schon mehr Alkohol statt Blut in seinen Adern hatte, sah er seinen Freund doppelt. Na ja, ihr kennt das! So was kann schon mal vorkommen! Jetzt waren zwei Kerle dabei den Betreiber des Biergartens reich zu machen.

Zwei Stunden später:

Herr Lucas und sein Freund Franz hatten - durch den immensen Biergenuss - die reale Welt verlassen. Herr Lucas hielt seine Augen gerade noch offen, er konnte sogar noch unanständige Soldatenlieder aus seiner Wehrzeit singen! Und der Franz? Der hatte es sich am Biertisch gemütlich gemacht. Er schlief wie ein Baby! Irgendwann quengelte Hund Waldo! Er wollte oder musste unbedingt einen Baum begießen, und nebenbei der einen oder andren hübschen Hundedame schöne Augen machen.

Jetzt hieß es für Herrn Lucas, dass er seinen Biergartenbesuch beenden musste. Dadurch dass er von den Zehen bis rauf zum Scheitel mit Bier abgefüllt war, war seine Ausdrucksweise schon sehr gewöhnungsbedürftig.

„Waldo, du olle Tölle!", rief er seinem Hund entgegen,

„such Da a flottes Mädel! Und dann gib richtig Gas! Auf geht's, besorg's denen!"

Gut, dass die Familie nicht hörte, was der Herr an dummem Geschwätz von sich gab. Die hätten sich für die unanständigen Worte ihres Ernährers wohl in Grund und Boden geschämt!

Doch genaugenommen hatte Herr Lucas recht!

Denn sein eigenes Sexualleben gehört seit nahezu zwölf Jahren der Vergangenheit an. Seine Lisa hatte ständig die berühmten Kopfschmerzen! Sie will einfach keinen Sex mehr! Sie behauptet außerdem, dass er sich im ehelichen Bett wie ein grobschlächtiger Holzfäller aufführt, der es nicht versteht, wie man eine Dame im Bett zufriedenstellt. Mehr noch, seine Pranken können Knochen brechen, aber keiner Frau zu einem erlösenden Höhepunkt verhelfen. Mit anderen Worten: Herr Lucas war in Sachen Sex der totale Stümper. Die Aussage seiner Gattin konnte Herr Lucas partout nicht verstehen. Gerade er, der von sich stets behauptete, in allen Bereichen ein einfühlsamer Liebhaber zu sein. Der Herr nahm laut seiner Gedanken mehr Rücksicht auf seine Lisa als bei seinen früheren Frauenbekanntschaften. Sogar das Vorspiel zum anschließenden Sex zelebrierte Herr Lucas zu einem Spiel, von dem -wie er glaubte- keine Frau genug bekommen konnte. Ganze zwei bis drei Minuten widmete er seiner Gattin. Genügend Zeit, damit sich eine erregte Dame fürs Kommende vorbereiten konnte.

Wütend, frustriert und besoffener als ein Fisch dachte sich Herr Lucas:

„Soll dok der Köter wenigschtens sei Freude ham!"

Herr Lucas sah seinem Hund zu, wie der um die

Hundedamen herumscharwenzelte! Zu schön war es zuzusehen, wie der Lauser mit den Damen durch den Park düste. Bei allen Hündinnen versuchte sich Waldo als Liebhaber. Umsonst! Die Hundedamen bevorzugten mehr die reiferen Semester. Trotz alledem hatte Waldo seinen Spaß mit der wilden Herumtollerei. Doch irgendwann machte es Peng in Herrn Lucas´ Gehirn. Seine Tierliebe sollte auf einen neuen Prüfstand gestellt werden. Er dachte sich: „Warum darf der Köter irgendwann vögeln und ich nicht!"

Herr Lucas hegte einen Plan, der andren Hunden - vornehmlich Rüden - sehr bekannt vorkommen dürfte!

Dem armen Waldo standen dunkle, wenn nicht gar verheerende Zeiten bevor!

„Waldo", sagte der vom Bier verstörte Herr, „lass es nomal so richtig krachen! Denn ab morgen isch es vobei mit luschtigem Herumbalgen mit de neckischen Mädels! Morgen wirscht Du ein Herrn mit weißem Kittel kennelernen. Der wird Di zu ein sündenfreien Leben verhelfen. Und damit Du verstehscht, was i damit mein, erkär' i s Dir, der Herr wird sich Deiner Eier bemächtigen oder genauer der kastriert Di! Und mei Freund, sind das nicht schöne Aussichten? Hi, hi!"

Die Prophezeiung seines Herrchens sollte für

Waldo bitterer Ernst werden! Am nächsten Tag lernte er seinen lebenslangen Tierarzt kennen. Und so kam es, dass Waldo seine Lebensfreude und die Fähigkeit, Hundedamen zu beglücken, für immer einbüßte!

Armer Waldo von Tiezenbach! Du wurdest nur deshalb bestraft, weil ein neidvoller Ehemann es nicht fertigbrachte seiner Gattin ein liebevoller Liebhaber zu sein.

All das nur, weil ein vom Neid zerfressener Ehemann seine Frau nicht beglücken konnte!

9   Wo ist Gestern?

Wo ist Gestern? Diese Frage stelle ich mir – jetzt wo ich zu dem armseligen Verein der aus den Schnabeltassen trinkenden Senioren gehöre – jeden Tag! Bei den Gedanken an rheumatische Unterwäsche sowie dem exzessiven Gebrauch von Zahnhaftcreme werde ich immer wütender. Ich finde, es sei ungerecht, dass wir – die Alten – auf Eis gelegt werden. Nun ja, es gab in meinem Dasein schon das eine oder andre Highlight, das mir mein Dasein lebenswert machte. Aber dies liegt schon ´ne Ewigkeit in den Schubläden, die sich Vergangenheit zu nennen pflcgt.

Ja früher! Da hatte ich jede Menge Spaß, es war halt alles besser! Die Kneipen, das Bier, die Mädels und vor allem der Zusammenhalt unserer Clique! Ich ließ mir, um bei den jungen Girls ungemein cool auszusehen, die Haare bis runter zu den Schultern wachsen.

Mann, das sah toll aus! Ich sah aus wie John Lennon in seiner besten Zeit! Ein Reserve - Beatle eben! Wenn ich mit meinem BMX Fahrrad wie ein knallharter Rocker durch unsre Stadt radelte und dabei meine Löwenmähne im Wind hin und her wedeln ließ, konnte man erahnen was so manche Dame an Schweinereien im Kopf hatte.

Und heute? Heute ziert mich eine vom Nacken-ansatz bis nach vorne zu der Stirn reichende Halbglatze. Ein Friseurbesuch? Nein, das Geld kann ich mir sparen. Was sollte man auch weg-schneiden, wo sich meine Haare einen transpa-renten Farbton zugelegt hatten?

Nur am Sack wuchert meine verbliebene Haar-pracht.

Gerade dort, wo es kein normaler Mensch zu sehen bekommt. Toll! Dabei gab es Zeiten, wo die Mädels regelrecht Schlange standen, um an jener geheimen Stelle meine Naturlocken auf angenehmste Weise durcheinander zu wuseln.

Nun! Das ist lange her! Die zarten Frauenhände haben sich im Laufe der Zeit verflüchtigt. Sol-che Freuden sind Geschichte!

Heute werde ich nur noch von einem geldgieri-gen Urologen – zwecks undichter Wasserlei-tung – bestaunt. Obwohl? Da gibt es eine Epi-sode, wo mir eine urologische Arzthelferin – ein wahrhaft hübscher Engel – einen Schlauch einführen durfte. Wie die Kleine an mir – trotz Kassenpatient – herumfingerte, hat mir doch trotz Schmerz Spaß gemacht. Ob es ihr auch so gut gefallen hat? Ich denke schon!

Ein anderer Arzt, der meine Fitness prüfen wollte, verlangte, dass ich fünfzehn Liegestüt-zen am Stück absolvieren sollte. Und das mir, einem Naturburschen, der jeder Anstrengung

gekonnt aus dem Wege ging! Doch nach acht musste ich die jämmerliche Tortur wegen Mangel an Sauerstoff beenden. Die Liegestützen, die ich mit Sandra – einer ehemaligen Freundin von mir – ableisten durfte, hatten – wie ich finde - mehr Esprit.
Es machte einfach mehr Spaß!

Ach ja, die Sandra! Was war sie zu meiner Zeit 'ne hübsche Göre! Ein richtiges Bonbon! Und heute? Sandra lebte, nachdem mit mir Schluss

war, als fünffache Mutter von den Unterhalts-
zahlungen von den fünf Vätern. Eines muss
man ihr zugutehalten: sie war zu keiner Zeit 'ne
spießige Spielverderberin.
Heute gehe ich lieber zu einem Dentisten!
Was meine Zähne betrifft, ich hab sie noch alle
im Mund! Ehrlich! Ich kann sie sogar ohne
Mühe herausnehmen. So ein Grobian von einem Zahnarzt quält mich nicht mehr, ich kann
ihm mein Gebiss auf den Tisch legen! Und während der meine Beißer begutachtet, flirte ich mit
dem weiblichen Praxispersonal. Die freuen sich
ungemein, wenn sie sich die altersgerechten
Witze eines zahnlosen Senioren anhören dürfen! Es gab mal Zeiten, in denen ich mit meinen
Eigenen harte Nüsse aufbeißen konnte. Heute
reicht es gerade noch um Rühreier zu kauen!
Sex, Libido oder Erotik? Ha, auch das lässt im
zunehmenden Alter nach! Früher Held in sämt-
lichen Lotterbetten und heute jammernde Kerle
beim Urologen! Dabei gefallen mir die jungen
Damen immer noch! Trotzdem, in meinem fort-
geschrittenen Alter können solch edle Gedanken sehr gefährlich werden! Mehr noch, das
Geschiebe mit einer jungen Dame kann ich mir
ins Haar schmieren, es kann zuweilen einen irreparablen Herzinfarkt auslösen. Und wahrscheinlich könnte ich so ein Rendezvous eh
nicht ohne Pausen zu Ende bringen! Das ist

wohl ein separates Thema!

Um an solche Damen zu gelangen, bräuchte ich Geld, denn an einen, den ʹne Halbglatze ziert und dessen Zähne zu wackeln beginnen, vergibt so ein Frauenzimmer nicht mal einen übelriechenden Furz.

Die Liebchen haben wahrscheinlich Angst, dass ich diesen Stunt nicht ohne vorher zu sterben beenden könnte. Trotzdem, es wäre zu schön bei den jungen Dingern wieder mal den wilden Casanova zu spielen.

Jetzt wo ich die 60er Marke um zwei Jahre überschritten habe, macht sich einer Gedanken um die Erben **(Mein Neffe Christian bekommt meine umfangreiche Sammlung an Playboy-Zeitschriften!)** und nicht um appetitliche Damen, deren Kleidung abhanden gekommen ist. Das ist natürlich nur die Meinung meines Hausarztes!

Eine Scheiße jagt die andere!

Ich kann und will mich nicht abfinden, dass auch ich bald Kraftfutter für die Würmer werde. Kompost für die nächste Generation!?!?

Wohin sind all die Jahre entschwunden, in denen wir – also meine Kumpels und ich – nächtelang um die Häuser gezogen sind? Wo wir an manchen Abenden auf allen Vieren aus den übelsten Kneipen gekrochen sind. Wohin frage ich Euch, hat sich die Zeit verdrückt, wo ich am

Vormittag mit einer Blonden geschmust hatte und am späten Nachmittag mit einer scharfen Schwarzhaarigen einen draufgemacht habe.

Ich und meine engsten Busenkumpels Fritz, Rainer, und Gerd waren ständig mit Feiern beschäftigt. Die Wirte, die wir mit unserer Anwesenheit beehrten, kamen wegen unserer Besuche zu unermesslichem Reichtum. Das ist auch gut so! Was für eine jämmerliche Nation wären wir, die ihre Gastronomen dem Hungertod ausliefert? Wir hatten unseren Spaß! Und heute, fünfunddreißig Jahre später? Meine Freunde haben sich mir gegenüber solidarisch erklärt, indem auch sie die altersgerechten Blessuren genießen dürfen. Auch dieses Lumpenpack hat anstatt der wilden Rockermähne von einst schütteres, wenn nicht gar komplett fehlendes Haarvolumen. Jetzt hungert der Friseur!

Und außerdem wackeln auch deren Zähne! Wir allesamt kriechen auf dem allseits berühmten Zahnfleisch daher. Statt Sex und Orgien schlafen wir Punkt einundzwanzig Uhr vorm Fernseher ein. Anstatt Pornohefte ziehen wir uns heute die Apothekenrundschau rein.

Sollte ich in Tränen ausbrechen? Nein!

Für die Helden von früher – oder die Rheumatiker von heute – heißt es trotz altersbedingten Beschwerden den Kopf aufrecht und mit gespieltem Stolz zu tragen! Trotzdem frage ich

mich:
„Wo ist Gestern?“

**Warum ich diese Geschichte niederschreibe?
Eine zwanzigjährige Gazelle war schuld an
diesen Zeilen! Warum musste sie mir, obwohl ich mir größte Mühe gab um mit ihr
auszugehen, einen Korb geben! Unverschämt! Die Jungen von Heute haben keinen
Respekt vor uns Alten!**

10 Herr Mahler auf dem Weg zum Glück!

Den ganzen schon Tag schon lief Herr Mahler nervös und gehetzt wie ein gejagtes Tier durch seine Bude! Wer ist denn dieser Herr und warum kommt er nicht zur Ruhe? Herr Mahler lebt und wirkt als kleiner **(viel kleiner geht nicht)** Angestellter in einem renommierten Immobilienbüro, dort darf er die Aktenkorrespondenz, die für seinen Boss bestimmt war, im Hause umhertragen. Karriere? Wohl kaum! Abenteuer am Arbeitsplatz? Nein! Nur langweilige Realität bestimmt seinen Alltag! Mit anderen Worten, sein Karrierelevel bewegt sich zwischen Null und einer Eins. Sein Wirken lässt sich damit beschreiben, dass er für die meisten in der Firma als unsichtbarer Lohnempfänger gilt. Und das zog auch in seinem Privatleben weitreichende Kreise, besonders was das Zwischenmenschliche betrifft. Aus diesem Grund ist Herr Mahler seit Urzeiten ein überzeugter Single. Überzeugt? Wohl eher nicht! Eigentlich bekam er nicht mal die Grazien ab, die auch sonst keiner haben wollte.

Und da er nicht zum attraktivsten Mannesgeschlecht zählte, lebte er sein Dasein als unfreiwilliger Einsiedler, der dem Leben keinerlei Lebensfreude abgewinnen konnte. Ein Spießbürger, an dem nichts anhaftete, was seine Ehrbarkeit oder gar Seriosität trüben konnte! Ein Loser! Dieser Herr war das Paradebeispiel eines gehorsamen Untertanen. Warum auch nicht, auch ein Herr seines Formates kann der Gesellschaft brauchbare Dienste leisten! **(Ich wundere mich nur, zu was ein Langweiler Marke Mahler nützlich sei?)** Nur am Arbeitsplatz fühlte sich unser Held?!?! von allen verstanden, einzig da erlebte er das Gefühl, das einer Familie im Ansatz näherkam. Sein Charakterzug machte ihn bei seinen Vorgesetzten, angefangen von Emil, dem Auszubildenden bis rauf zur Chefetage zu einem angenehmen Mitarbeiter. Man darf gerne behaupten, dass er bei seinen Kollegen als beliebt bezeichnet wurde. Kein Wunder, von diesem anpassungsfähigen Herrn kam zu keiner Zeit ein Wort des Widerspruches über seine Lippen.

Fünfundzwanzig Jahre schon gab er für seinen Betrieb sein Bestes. Nie fehlte er auch nur einen einzigen Tag! So ein Personal, das alles gibt, sucht man in heutiger Zeit vergebens! Heute will doch keiner mehr richtig arbeiten! Aber heuer war es wiedermal soweit, er durfte sich an den Lorbeeren, die ihm sein Boss zukommen ließ, erfreuen. Direktor Marek überreichte ihm als Dankeschön für all die Jahre aus Schweiß und Mühen einen prall befüllten Fresskorb und eine in Gold gefasste Urkunde. Wie edel! Ehre dem, dem Ehre gebührt!

„Hui", sprach der Jubilar leise zu sich, als er am Präsentkorb zufällig ein Preisschild für all das sah,

„zwanzig Euro und neunundneunzig Cent hat der Fresskorb den Chef gekostet. So viel Geld!"

Um dieses Event gebührend zu feiern, spendierte Herr Mahler all seinen Kollegen und Kolleginnen Dampfwürste mit Senf und Brezeln. Das war vielleicht ein tolles Fest!

„So was", dachte sich der Jubilar,

„tut dem Betriebsklima gut! Das bleibt in Erinnerung!"

Eine Woche später:

Die Party ist vorbei. Der Sympathiebonus seines Chefs war wieder in Richtung Null gerückt, jetzt war er wieder Herr Niemand mit der Nummer 0-1. Erst wieder in zehn Jahren durfte Herr Mahler hoffen, dass man ihn noch einmal mit Lob beschenken würde. Ein Frevel gegenüber dem Herrn Mahler. Der Arme lernt es wohl nie! Und deshalb wandert der Herr ruhe- und rastlos durch sein Apartment und wartet vergebens auf neuerliches Lob!

Wohnung?!?! Seine Bleibe besteht nur aus ei-

nem Zimmer, einer Dusche und einem Zwei-
plattenküchenherd, alles zusammen sechsund-
zwanzig Quadratmeter für fünfhundert Euro
plus fünfzig an Nebenkosten. Bei gerade mal
1300 Euro Nettolohn! Hier könnte so mancher
Frust auftreten! An solchen Tagen stirbt jede
Freude am Leben. Herr Mahler ist es ja gewohnt, dass er tagtäglich an die Ecken seiner
Bude starrt. Was sollte ein Junggeselle, dem
sein Leumund wichtiger als sein Leben ist, auch
sonst tun?

„Die Bude aufräumen?", dachte er sich,

„na ja, ich denke mir, da hätte ich was Besseres
verdient!"

Mittlerweile begann unser Herr nervös zu werden, seine feingliedrigen Finger zitterten wie
trockenes Espenlaub. Was war der Grund für
sein anormales Verhalten? Sucht! Die Sucht
nach Leben! Herrn Mahler quälte der Gedanke
in seiner Bude ein lebendig Begrabener zu sein.
Der Hunger nach einem Brösel Leben machte
aus einem seriösen und gottesfürchtigen Bürger
einen willenlosen Sklaven seiner ausufernden
Einsamkeit. Wo waren seine Freunde, wo war
sein Chef, dem er fünfundzwanzig Jahre treu
zur Seite stand? Niemand war vor Ort, um den
Armen aus seiner Depression heraus zu manöv-
rieren. War Herr Mahler gar nicht so beliebt wie

man es ihm stets versuchte einzureden? Darüber könnte man so einige Gedanken hegen! Um sich der Tatsache seines Versagens wenigstens für kurze Zeit zu entziehen, suchte der Verzweifelte Zuflucht in der TV-Welt. Die Helden im Fernsehen – egal ob Western oder Krimi– sollten den armen Wicht von seiner Traurigkeit ablenken! Reine Zeitverschwendung! Eigentlich lief nur das, was unsensible Zeitgenossen als Scheiße bezeichnen würden. Abwechslung für alleingelassene Junggesellen? Nein! Diesen Service gibt es nicht mal gegen Aufpreis!

„Für was zahle ich Fernsehgebühren!",
schimpfte Herr Mahler,
„wo doch auf allen Kanälen nur Mist läuft! Na ja, vielleicht hilft essen!"

Irrtum! Auch der Blick in den Kühlschrank brachte nicht den ersehnten Erfolg. Außer einem vergammelten Camembert und einer halbleeren Tube Senf war hier nichts zu holen. Und so gesellte sich zu allem Überdruss noch quälender Hunger hinzu. Toll! Wie es scheint, war dieser Tag nicht für unsern Herrn bestimmt! Das war's! Gefrustet von alledem wollte Herr Mahler seinem trostlosen Dasein ein Ende setzten. Wie? Durch Selbstmord? Nein! So einer wie der Mahler stürzt sich nicht einfach so aus dem Fenster, so einer denkt an die Folgen seines Tuns. Wie soll die Firma ohne ihn weiterhin so erfolgreich sein? Und sein Boss erst! Soll der ihm ins Höllenloch nachfolgen! Das geht gar nicht! Wie schändlich wäre es zuzusehen wie die Firma wegen eines törichten Abgangs zugrunde geht. Herr Mahler dachte da eher an das Leben außerhalb seiner vier Wände! Die freie Prärie sozusagen!

„Bevor ich hier in meiner Umgebung vor die Hunde gehe", sprach er, „verlasse ich mein Refugium! Und vielleicht – wenn ich Glück habe – lerne ich eine nette Dame für ein zwangloses Schwätzchen kennen. Obwohl, es darf auch ruhig mehr sein! Sex zum Beispiel! Ja, das wäre toll, sowas hatte ich ja noch nie!"

Unser Herr ist halt trotz schweinischer Gedanken ein klassischer Träumer, der immer noch an Romantik und bedingungslose Liebe glaubt. Von seinen Kollegen hörte er mehrmals die Woche wie schön das Spiel zwischen Mann und Frau sei, bei jedem dieser Gespräche drängte sich bei unserm Herrn eine tiefgreifende Schwermut auf, was dazu führte, dass er sich nicht damit abfinden wollte, dass alle anderen die hübschen Mädels abbekommen, er aber stets leer ausgeht. Es war längstens an der Zeit seinen Jungfrauenstatus an den berühmten Nagel zu hängen. Auch er wollte Casanova spielen! Ein Blick in den Spiegel, seine einzelnen

Haare brav zu einem rechten Seitenscheitel ge-
kämmt und schon war er bereit den Damen
seine Kavaliersdienste anzubieten.

Herausgeputzt wanderte der Herr durch die
Straßen seiner Stadt. Da gab es allerlei Interessantes zu bestaunen. Vor allem aber, waren –
weil es mitten im Sommer war – die Schönsten
der Schönen unterwegs. Damen, Fräuleins oder
nur die Weibchen, die für Geld alles machen,
doch an denen war unser Freund zu keiner Zeit
interessiert. Wer will schon ´ner stadtbekannten
Schlampe den Hof machen? Wohl keiner!

„Ich will eine", sagte er sich,

„die das Leben mit mir teilt!"

Zurück zu den anständigen Frauen! Wie schon
erwähnt liefen jede Menge dieser nett anzuse-
henden Geschöpfe durch die Altstadt- Eine
schöner als die Nächste. Ein wahrhaftiges
Schlaraffenland für jeden Don Juan. Diesmal
aber wollte Herr Mahler das Glückskind sein,
schon viel zu lange musste er in einsamen
Nächten von nicht erlebter Erotik und heißem
Sex träumen. Um an diese Engel heranzukom-
men besuchte Herr Mahler jedes Café, das seine
Stadt zu bieten hatte. Es waren auch überall die
hübschesten Damen anzutreffen, nur wurde
jede einzelne von einem Gigolo bewacht. Sich
von so einem Kerl ein blaues Auge einfangen?
Nein, das wollte unser Held dann doch nicht.

An diesem Tag gab es trotz Niederlagen auch ein Quantum Glück. Im Stadtcafé sah Herr Mahler am hintersten Tisch des vollbesetzten Cafés eine Dame, die ganz allein und mit leerem Blick vor ihrem Espresso saß. Blond, sogar etwas grauhaarig, aber immerhin ohne einen Fäuste schwingenden Brutalo an ihrer Seite. Und so ging unser Freund frohen Mutes auf direktem Wege seiner Auserwählten zu.

„Meine Dame", sprach er die Dame an,

„darf ich mich Ihnen vorstellen? Mein Name ist Mahler, Johannes Mahler. Ach was, sagen Sie einfach Herr Johannes zu mir! Meine Gnädigste, es wäre mir ein Vergnügen, wenn Sie mir erlauben würden, dass ich mich zu Ihnen an den Tisch setzen darf!"

„Aber ja doch!", gab die Angesprochene von sich,

„Es freut mich ungemein eine Unterhaltung mit einem gebildeten Herrn führen zu dürfen! Übrigens mein Name lautet Franziska, Baronin Franziska von Eulenburg!"

„Eine Adlige also!", dachte sich Herr Mahler.

Und da es ihm erlaubt war, setzte er sich zu der reizenden Dame an den Tisch.

Man unterhielt sich prächtig! Die Beiden kamen vom Wetter, hin zur jeweiligen Politik und endeten bei einem recht fragwürdigen Thema! Man kann das ganze gerne Flirten nennen! Die zwei Turteltäubchen sahen aus, als wären sie schon seit Jahren ein leidenschaftliches Liebespaar! Und unser Herr Mahler dachte sich im Geheimen:

„Hui, mit der da geht bestimmt was!"

Aber, aber, Herr Mahler wo bleibt ihr sprichwörtliches Einfühlungsvermögen. Trotzdem hat er sich wie so oft viel zu früh gefreut! Eine herbe Enttäuschung für die zwei verliebten Vögelchen sollte nicht lange auf sich warten lassen. Ohne Vorwarnung kam ein Kerl durch die Tür, so Mitte dreißig und geschätzte hundertzwanzig Kilo um die Rippen herum. Dieser Kerl begab sich an den Tisch wo sich ***Baronin von Eulenburg*** mit unserm Herrn Mahler auf niveauvoller Ebene unterhielt. Ohne Umstand kam der sofort zur Sache. Diesem Herrn fehlte es -wie es scheint- an Geduld! Seine Gesichtsfarbe wechselte von knallrot zu grün, um dann bei einem kreidebleichen Gesichtsteint seine brutalen Absichten zu demonstrieren. Wer so daher kommt verspricht nichts Gutes! Wie ein Profiringer packte er seinen Widersacher, den Herrn Mahler, an dessen Krawatte, zog ihn näher als erlaubt zu sich heran und sprach mit eindeutigen Gesten:

„Freundchen, lass Deine Onanierstäbchen von meiner Braut! Verstanden! Oder will der Herr einige Runden durch das Universum düsen?

Wenn ja, dann heb mal Dein Kinn etwas höher und schließ die Augen! Nur zu, keine Angst, es tut auch gar nicht weh! Und nun zu Dir, Du alte Schlampe, hast wohl wiedermal die Baroness-Nummer abgezogen! Stimmt′s? Mädel, du lernst es wohl nie, du bist die Agnes, oder besser die Angie und keine Baronin. Na, wie sieht es aus, wie viele Freier hast du heute abgezockt? Und? Wie lange soll ich noch warten, rück' das Geld raus!"

„Aber, aber, mein Herr", mischte sich Herr Mahler ins Gespräch,

„wie reden Sie mit einer Dame?"

„Dame?!?!", konterte der Grobian,

„Ich bekomm gleich einen Lachkrampf! Das - mein Lieber - ist keine Dame, sondern die bekannteste Nutte der Stadt! Die Tucke arbeitet für mich! Für ′n Fuffziger bläst sie Dir den Radetzkymarsch in C-Dur!"

Jetzt wurde Herr Mahler still, denn eines stand für ihn fest, für eine Professionelle wollte er keinesfalls ins Nirwana geprügelt werden. Jetzt hieß es nur noch sicheres Land gewinnen! Schneller als ein Wirbelwind schlich sich Herr Mahler aus der Affäre!

"Nur noch schnell die Zeche zahlen, bevor das Trauma losgeht", dachte er sich,

„und dann ab ins Freie!"

Toll, da lernt er zum ersten Male eine attraktive

Dame kennen und schon ist alles wieder Geschichte! Diese Schlacht um eine Romanze hatte unser Herr an einen bedrohlich wirkenden Zuhälter verloren!

Schade! Aus Herrn Mahlers Sicht wäre die Baronin, oder was auch immer, ein wahrer Leckerbissen gewesen. Für diese Dame hätte er zu gerne seine Jungfräulichkeit geopfert.
Wie so oft musste er sich mit dem Gedanken

anfreunden, dass er für alle Zeiten verzichten musste von einer attraktiven Dame berührt zu werden. Der arme Kerl hatte einfach kein Glück bei den Frauen. Um nicht von dem Beschützer jener horizontalen Bordsteinschwalbe in den Boden gestampft zu werden, schlich er sich wie einer, der die Zeche schuldig bleiben möchte, aus dem Café.

„Was tue ich nun?", fragte er sich, als er gerettet aber einsam vor dem Café stand.

Schwierige Frage! Sein seliger Vater hätte ihm sicher geraten, er solle sich, um an die Wonnen der Erotik zu gelangen, selbst bedienen. Das macht auch Spaß und produziert keine Kinder.

„Mit fünfzig immer noch auf Teufel-komm-raus wichsen?", sprach unser Held zu sich,

„Nein! Bei mir muss in Bezug Sex eine grundlegende Änderung geschehen. Das eine steht fest, aus Solo sollte in naher Zukunft ein wollüstiges Duett werden!"

Aber wie es scheint gab es an diesem Tag keine Arbeit für seinen kleinen Hosenmatz!

„Na denn, wenn´s sein soll", sprach er,

„es kommen noch andre Tage! Und in der Zwischenzeit geh´ ich in Tommys Pilspub und gönne mir ein Bierchen!"

Tommys Pub? Dies war seine Stammkneipe! An diesem Ort fühlte sich Herr Mahler angenommen, hier war er Zuhause! Auch wenn in dieser verkommenen Kaschemme keine willigen Frauen vorhanden waren, so war es doch eine Alternative für einsame Seelen und heruntergekommene Penner! Und tatsächlich gab es in dem Lokal kein einziges weibliches Wesen. Diese Bruchbude war nur für Herrschaften vorgesehen, die mit Damen und deren Reizen nichts mehr anzufangen wussten. Alles impotente Suffbrüder!

Jetzt kommt die Wahrheit ans Licht! Die dunkle Seite von Herrn Mahler kommt langsam aber sicher zum Vorschein! Nur der Hausherr Tommy (Wirt) gab allen – besonders Herrn Mahler - das Gefühl begehrte Helden zu sein, die zu allem fähig waren! Nur ist es eine ungeschriebene Tatsache, dass sich Helden zu keiner Zeit mit diversen Getränken bis rauf zur Oberlippe volllaufen lassen. Helden genießen, aber saufen nicht! Und hier bei Tommy waren die Helden mehr am Feiern interessiert und nicht an Frauen.

„Nicht mein Problem!", sagte der Wirt stets, wenn man ihn darauf ansprach,

„Hauptsache ist doch, dass mir die abgefuckten Pennbrüder meinen Lebensunterhalt sichern. Was deren Lebern über meinen Sprit denken ist mir total egal!"

Und tatsächlich, die Gäste hier lieferten sich sechsmal die Woche (Montag war Ruhetag)

eine regelrechte Alkoholschlacht, die sehr oft in einem Delirium endete!

Mit Bier fing meist so ´ne Sause an, dann ging man über auf Wein und am Ende kamen diverse Schnäpse ins Spiel! Ein wahres Dorado für trinkfreudige Alkoholiker!

Auch unser Herr Mahler erlag jedes Mal aufs Neue dem Charme, den dieses Lokal ausstrahlte. Und zur Freude des Wirtes und den anderen Gästen im Lokal gab er sich selbst die Alkoholkante!

Am Ende des Tages – um Mitternacht - war es dann wieder mal soweit. Tommy musste wegen einiger Gäste, die zu viel gebechert hatten, den Krankenwagen samt Notarzt herbeirufen. Und da unser Herr Mahler ein Mann mit einem sozialen Gewissen war, wurde auch ihm wegen einer Alkvergiftung der Magen ausgepumpt. Unter Freunden ist es eben ungeschriebenes Gesetz sich den Gepflogenheiten der Gruppe anzupassen. Das verlangt die Etikette eines Lokals, das gehört sich so! Unser kreislaufgeschädigter Herr war wie die meisten seiner Saufkollegen Stammgast im hiesigen Krankenhaus! Herr Mahler war kein Unbekannter!

Mehr noch, man duzte sich mittlerweile! So eine Freundschaft zwischen Arzt und seinem Patienten kommt sehr selten zustande. Nur bei Herrn Mahler machte man eine Ausnahme!

Jetzt kennt jeder die Story um die Freizeitbeschäftigung unseres Erotik-Losers! Der Kerl säuft wie ein nimmer endendes Loch. Deshalb also seine zittrigen Hände! Ein wandelndes Bierfass auf zwei Beinen, dessen Pimmel schon vor Jahren in Rente gegangen ist! Aus diesem Grund hatte er keine Zeit um mit ausgefahrener Antenne an einem befreienden Erotiktreffen mitzuwirken!

Trotzdem Herr Mahler, nicht den Kopf hängen lassen, spätestens in zehn Jahren bekommen Sie von ihrem Boss wieder einen Fresskorb überreicht! Mann, das ist doch auch was, was will man mehr!

11 Fräulein Anja

Jahrgang 2020: Auf Grund einer weltweiten Corona Epidemie wurde ganz Europa zu Hausarrest verurteilt. Ein ganzer Erdteil im Ausnahmezustand!

Wir waren dazu verdammt, das Leben - jeder einzelne für sich – um etwas Frischluft zu ergattern aus dem Fenster zu schauen! Frühlingssonne einfangen? Das konnten wir uns aus den Köpfen schlagen. Nach einiger Zeit hatten manche von uns das Gefühl, sie würden sich zu nachtaktiven Fledermäusen entwickeln. Bleichgesichtige Zombies, die verzweifelt das wenige Toilettenpapier, das noch in den Supermarktregalen liegen geblieben ist, hamstern. Das waren die Optionen für das Jahr 2020! Apropos, Toilettenpapier! Laut einiger glaubhafter Zukunftsforscher wird dieses Abortpapier zur Währung des einundzwanzigsten Jahrhunderts werden.

Eigentlich kein Problem, wäre da nur nicht das Zwischenmenschliche! Innerhalb einer Familie funktioniert der Alltag ja wie gewohnt. Die modernen Kinder von heute lassen sich nicht, um sie für die nächsten Wochen zu beschäftigen, mit einem fünfhundertteiligen Puzzlespiel beeindrucken. Um die Bälger, die von allen Schul-

pflichten verschont wurden, vor der Schlafkrankheit zu bewahren, musste meist das neu-
este Smartphone her. Für die nächsten Wochen
mussten alle Mitglieder eines Clans ihre Frei-
zeitaktionen in der familiären Wohnhölle verbringen. Die Kinder lärmen, die Ehefrau motzt,
weil nur noch dreißig Rollen Toilettenpapier im
Hause seien und der Herr!?!? des Hauses? Der
Arme steht kurz davor sich in einem finalen Akt
der Verzweiflung aus dem Fenster zu werfen.
Aber wie sieht es mit denen aus, die ein Single-
dasein führen?
Keine Partys, kein Saufen bis der Notarzt
kommt und vor allem keine Zärtlichkeiten. Was
sollen die Alleingelassenen tun, um der Einsamkeit zu entgehen? Vor dem Fernseher ver-
faulen? Bei unserem bekackten TV-Programm!
Den ganzen Tag vor dem PC hocken und sich
dabei viereckige Augen einhandeln? Oder sich
´ne Onanie gönnen! Aber nicht doch! Dann
kann uns nur noch der PC retten! Nur ist es so,
dass manche Zeitgenossen – und dazu gehöre
auch ich – am Computer zu den aussterbenden
Techniksauriern gehören. Die Bedienung eines
solchen Gerätes fordert einem talentfreien PC-
Loser alles ab. Und sich der Selbstbefriedigung
hingeben? Hm, dafür reichen einige Minuten
und der Rest des Tages? Den ganzen Tag an den

Eiern herumspielen bringt wohl nichts, denn irgendwann kommt nur noch heiße Luft. Da hilft auch keine umfangreiche Pornofilmsammlung, um sich auf Wochen hindurch zu beschäftigen. Und so bleibt mir nur der Blick aus dem Fenster! Und meine Katzen? Die liegen auf dem Sofa wie von einem Präparator ausgestopft! Die Emmi ist das Weibchen, das den ganzen Tag nur Dummheiten im Kopf hatte und der Kater hieß Oliver! Der Lauser hatte nur ein Problem, er gehörte nicht zu den Hellsten seiner Rasse! Für ihn gab es nur eines, er liebte das Fressen und das Schlafen. Ein richtiger Gemütskater und ein lieber dazu! Wieso auch nicht, wo er doch vor Jahren seine Eier gegen eine Handvoll Leckerli eingetauscht hatte. Der Glückliche musste sich keine Gedanken mehr um Sex und Erotik machen!

Und so bleibt mir als eingefleischter Solist nur die Wanderung durch die vermüllte Junggesellenbude. An diesem uns so vertrauten Ort kann man, wenn man sich genauer umsieht, das eine oder andere Abenteuer ausmachen. Damit meine ich, dass es längstens an der Zeit wäre die Bude von ihrem Staub und sonstigem Unrat zu befreien. Und in meinem Fall dürfte meine selbstauferlegte Quarantäne zur Reinigung meiner vier Wände reichen. Hoffte ich jedenfalls!

Um mich vor den Qualen der Einsamkeit zu schützen, begab ich mich auf die Reise durch meine vier Wände. Ich musste auch nicht lange suchen, besonders die Küche schrie mich förmlich an! Da stapelten sich Berge von ungespültem Geschirr und gammelten ungestört vor sich hin. Zudem war der Kühlschrank leerer als die Opferkasse einer Kirche!

„Nein", dachte ich mir,

„ich lass die Küche Küche sein! Ich lebe meine Reinigungswut erst mal weit entfernt von der desaströsen Küche aus! Ich fange halt beim Wohnzimmer an!"

Wie eine Ameise, die man auf Speed gesetzt hatte, wieselte ich mit einem Staublappen bewaffnet in das Wohnzimmer. Diesem Raum tat eine Reinigung bestimmt gut, denn die letzte war im Jahr 2017.

Eine ganze Viertelstunde bückte ich mich nach allem Losen, was den Boden zierte. Wohlbemerkt, eine Viertelstunde!

Geschwächt von der ausufernden Hausarbeit brauchte ich erst mal ein Bier! Es wurden drei! Aber jetzt war ich für die bevorstehenden Aufgaben bereit. Ich schuftete wie ein Pferd! Schließlich waren meine beiden Miezen bei meinen Unternehmungen keine brauchbare Hilfe, die können halt nur fressen und schlafen! Und so musste ich mich ohne deren Hilfe an die

Arbeit machen. An dieser Ecke etwas Staub wischen und an einer anderen hob ich das auf, was ich vor Jahren hatte fallen lassen. Um zu sehen welche Tageszeit es war, stand auch das Reinigen der Fensterscheiben auf der Agenda. Wau, das durchs Fenster eindringende Tageslicht kann ja so antörnend sein!

Doch dann sah ich sie! Wen? Das Fräulein Anja! Das Mädel wohnte bei mir sozusagen zur Untermiete! Ich wusste, dass meine Bude gut Platz für mehrere Personen hatte, aber von einer Anja wusste ich zu jenem Zeitpunkt noch nichts. Ich dachte immer, ich würde mein Refugium nur mit meinen zwei Miezen Emmi und Oliver teilen. Die Anja hatte ich wohl übersehen! Hätte ich geahnt welch hübsches Wesen bei mir wohnt, hätte ich viel früher nach ihr gesehen! Die Kleine war recht nett anzusehen! In der Zeit meiner Quarantäne fand ich regelrecht Gefallen an meiner Untermieterin! Warum auch nicht? Wir lebten sozusagen in einem staatlich angeordneten Ausgehverbot. Und so begann ich, mehrmals am Tag mit der aufmerksamen Anja ein Gespräch zu führen. Und die Gute hörte mir- ohne mich in meinem Enthusiasmus zu stören- geduldig zu. Für eine Frau wohl ein Wunder, wo es doch keine schweigenden Frauen zu geben scheint. Jedenfalls hatte ich jemanden, dem ich von meinen Sorgen und Nöten erzählen konnte. Sorgen machte ich mir nur deshalb, weil ich befürchtete, dass mein Biervorrat nicht reichen würde. Und Anja? Der Engel saß brav im rechten Zimmereck und lauschte meinen Worten. Und damit mein Schatz weiterhin an meinen Lippen hing, versorgte ich sie mit Nahrung. Dreimal am Tag legte ich ihr eine Fliege in ihr gestricktes Netz.

„Eine Fliege?", werdet ihr Euch fragen.

Ja! Nun, ihr denkt Euch bestimmt, ich sei zu geizig und nur deshalb hätte ich für die Dame Insekten als Mahl übrig. Aber nicht doch! Mir das anzudichten wäre ungerecht. Was das Mädel Anja betrifft, so muss ich Euch über diese Dame aufklären. Der süße Engel saß meist stumm und regungslos in ihrem selbstgestrickten Nest und wartete auf ihr Futter.

Wer ist denn nun das Fräulein Anja?

Anja ist ´ne Spinne, eine Kreuzspinne um genau zu sein! Aber wie komme ich darauf, dass das Tierchen eine Dame sei? Es war mir einfach egal, Hauptsache ist doch, dass sie mir während meiner Quarantäne Gesellschaft leistete. Alles andere - fand ich - dass es nur meine Angelegenheit sei. Mit diesem Tier konnte ich mich besser als mit einer realen Frau – die wollen doch immer das letzte Wort haben – unterhalten. Die Kleine – hatte ich das Gefühl – verstand mich. So eine aufrichtige Kreuzspinne weiß genau, bei wem sie sich für Fliegen und CO bedanken musste! Oft hegte ich den Verdacht, dass mir meine Untermieterin nur deshalb so ausgiebig zuhörte, weil sie dachte, dass auch ich Potenzial zum Spinnen!?!? hatte. Dank Anja war es mir möglich meinen Hausarrest ohne nennenswerte Schäden an Seele und Verstand zu überstehen. Und dafür zolle ich der Anja meinen Respekt!

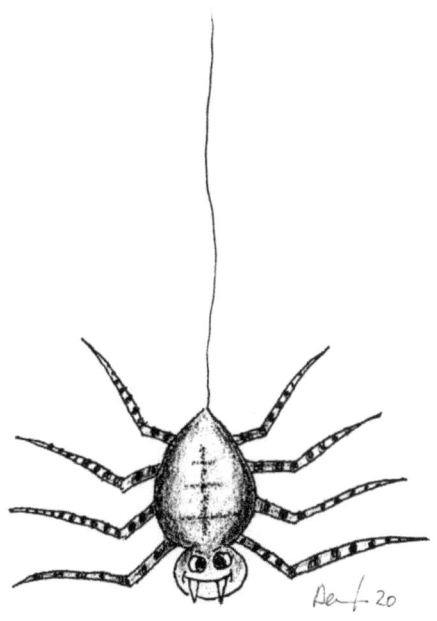

12   Das wackelige Vampirgebiss

Shit! Was war passiert? Vor Tagen noch schaffte ich es mit meinen Beißern Kokosnüsse aufzubeißen! Und jetzt? Jetzt verabschiedete sich ein Stück meines Schneidezahns, als ich beim Frühstück versuchte in eine Marmeladensemmel zu beißen. Der halbe Zahn landete samt Semmel in meinem Magen. Ob der das verdauen kann? Egal! Eigentlich wäre das Malheur nicht schlimm, aber so kurz vor einer Urlaubsreise? Zwei Wochen Dominikanische Republik mit Sonne, Meer, Schnaps und jeder Menge hübscher Frauen, die nur darauf warten, von einem attraktiven Herrn wie mir mit seinen Orgasmus fördernden Händen eingecremt zu werden. Doch mit meinem halbierten Zahn hilft auch mein gutes Aussehen nichts! Außer ich finde eine Dame, die ihr Domizil unter einer Flussbrücke mit fließendem Wasser und Rundumbelüftung hat, und ihr Auskommen mit dem Sammeln von Pfandflaschen bestreitet. An diese Option kann ich mich nicht gewöhnen. Wie auch!

Es macht eben keinen Spaß mit einer zu schmusen, die selbst keinen einzigen Zahn mehr besitzt! Und so hilft nur das eine: ich muss meine Angst überwinden und einen Zahnklempner aufsuchen! Meine Angst ist durchaus berechtigt, denn so ein gieriger Raffgeier verlangt - und das wusste ich aus der Vergangenheit - jede Menge Euro. Und höllisch weh tut es außerdem! Dieses Geld wird mir am Urlaubsort enorm fehlen! Mein Dolce-Vita wird durch das Hantieren jenes Mannes deutlich eingeschränkt! Was blieb mir schon übrig, meine Möglichkeiten waren begrenzt. Um sicher zu gehen keinem Quacksalber auf den Leim zu gehen, fragte ich mich unter meinen Freunden und Bekannten durch, welcher dieser zähneziehenden Kerle der sanfteste und auch der billigste sei. Und als ich bis auf einen alle durch hatte **(keiner von denen wusste Rat),** schwand meine Hoffnung auf eine schmerz- und fast kostenlose Behandlung in den Keller! Es blieb nur noch einer zur Verfügung! Aber dieser eine Freund – er heißt Rainer – war es wert ihn zu einem Ratschlag zu konsultieren.

„Rainer", sagte ich am Telefon,

„kennst Du einen Kieferbrecher, der es mit seinen Patienten gut meint?"

„Wie?", antwortete mein Freund,

„warum fragst Du nach einem Zahnarzt? Seit ich Dich kenne, weiß ich, dass Du Höllenängste leidest, wenn Du nur das Wort Dentist hörst!"

„Ja, ja, lach Du nur!", sagte ich,

„aber in den nächsten Tagen fliege ich in den

Urlaub und ich brauche Dir wohl nicht erklären wie toll es aussieht, wenn ein smarter Bursche wie ich vor den verzückten Mädels steht und ein Gebiss wie ein Vampir hat!"

„Aber Deuml", witzelte Rainer, **(der war wahrscheinlich nur neidisch, weil ich Urlaub habe und er nicht)**

„als Vampir legst Du jede Dame flach! **(Ein Macho-Spruch von einem, der sich vor der strafenden Hand seiner Gattin fürchtet!)**"

„Arsch!", gab ich ihm zur Antwort,

„ich kann durch den halb verbliebenen Zahn La Paloma in A-Dur pfeifen! Ist doch geil!"

„Deuml, Du hast recht! Ich glaube, ich kann Dir bei Deiner Suche nach einem feinfühligen Zahnarzt behilflich sein! Dr. Fraunberger!"

„Äh", fragte ich,

„Dr. Fraunberger? Wer ist der Kerl?"

„Na ja", sagte Rainer,

„ein Zahnarzt eben!"

„Und der soll gut sein?", fragte ich.

„Aber ja doch", sagte Rainer,

„wenn der Dir einen Zahn zieht, fühlst Du Dich, als hätte Dich ein blonder Engel geküsst! Schmerzen? Die bekommst Du erst, wenn Du seine Rechnung in der Hand hältst!"

Dr. Fraunberger! Gut, wenn es sein muss, darf der aus meinem halben wieder einen ganzen

Zahn machen. Ich ließ mir die Adresse von jenem Herrn geben.

„Hurra", rief ich laut aus,

„dem seine Praxis liegt am Ende der Welt! Genauer gesagt drei Ortschaften weiter!"

Jetzt muss es schnell gehen! Ich rief den von Freund Rainer so hochgepriesenen Zahnarzt an und tatsächlich ergatterte ich, indem ich bei dem Herrn um Gnade flehte, einen außerplanmäßigen Termin!

„Herr Deuml", sagte der Zahnarzt,

„wenn Sie wollen, können Sie schon Morgen um elf Uhr bei mir in der Praxis sein!"

Ohne weiter nachzudenken sagte ich zu! Toll! Ich darf zum Zahnarzt gehen, ihr aber nicht!

Trotzdem gab es ein Problem! Nachdem mein Auto schon vor Wochen seinen Geist aufgegeben hatte, musste ich mit dem Taxi zu jener Praxis fahren. Und jeder weiß, Taxichauffeure lieben es ungemein mit einem zahlenden Fahrgast weiträumig **(Umwege)** durch unsre schöne niederbayrische Landschaft zu düsen. Meinen Fahrer konnte man genau zu den geldgierigen Typen, die ich beschrieben hatte, hinzuzählen. An mir wollte sich der Kerl seine Altersversicherung verdienen! Wollte? Ha, der Widerling zwang mich regelrecht dazu. Mich dagegen wehren? Das konnte man wegen seines Aggressionspotentials vergessen. Der Kerl drohte mir mich auf halber Strecke aus der Karre zu werfen, wenn ich mich beschweren würde, nachdem ich gemerkt hatte, dass er mich wegen der Fahrstrecke beschissen hatte. Aber was sollte ich tun, den Rest des Weges zu Fuß gehen? Ich muss doch unbedingt zum Zahnarzt! Und so hielt ich meinen Mund, auch wenn mir die Wutwölkchen aus den Ohren stiegen! Es waren ja nur fünfundzwanzig Kilometer Umweg! Am Ziel angekommen, erinnert mich die geldgierige Ratte, dass es üblich sei dem Taxifahrer ein fürstliches Trinkgeld zu geben. Am liebsten wäre ich ihm an die Kehle gegangen! Ich ließ mein Vorhaben ruhen und gab mich von so viel Frechheit geschlagen. Schließlich rundete ich die vereinbarten sechzig auf siebzig Euro auf. Ob das der Kerl verdient hatte? Nein! Dem Drecksack soll die Ruhr an die Kloschüssel kleben!

Aber was soll's, ich bin endlich beim Zahnarzt – wenn auch fast Pleite - angekommen. Wie ein Blitz rannte ich zu dem Haus, wo marode Zähne in den Ruhestand geschickt werden. Mich erwartete beim Anblick des Arztes eine riesige Überraschung. Der Kerl, der meinen halbierten Zahn begutachten und reparieren sollte, sah nach allem nur nicht nach einem Zahnarzt aus. Da stand doch tatsächlich einer vor mir der aus-

sah, als käme er direkt aus dem Obdachlosen-
asyl! Er war durchgehend verdreckt und stank
zudem wie ein Tier! Wasser? Ich glaube, solch
ein reinigendes Element ist diesem Herrn völlig
fremd! Ich bekam es mit der Angst zu tun.
„Wenn der mich in die Mangel nimmt", dachte
ich mir,
„sterbe ich bestimmt an einer lebensbedrohli-
chen Blutvergiftung!"
Ich hatte keine andre Wahl! Mit meinem Raub-
tiergebiss den Damen an der Strandbar den Hof
zu machen? Nein! So eine Blamage kommt mir
nie und nimmer in die Tüte! Und so gab ich
mein Schicksal in die Hände eines verwahrlos-
ten Knochenbrechers.
„Na mein Herr", sprach der Zahnmediziner,
„was fehlt dem Buben? **(Bub, sagte er zu mir!
Toll! Das fängt ja schon gut an!)**
Ich antwortete:
„Herr Doktor, einer meiner Schneidezähne ist
in zwei Hälften zerbrochen. Und das vor meinem Urlaub!"
„Dann machen Sie mal schön den Mund auf!",
sagte der Arzt.
Und er begann sich sogleich eingehend für
meine Zähne zu interessieren, indem er sich nebenbei sein zukünftiges Honorar ausrechnete!
„Ha", sagte der Arzt,
„Herr Deuml, nicht nur der halbe Zahn benötigt

meine Arbeit. Die letzten Backenzähne haben Löcher so groß, dass sich darin fette Tauben einnisten könnten! Um Sie vor zukünftigen Schmerzattacken zu bewahren, werde ich Ihnen die eine oder andere Zahnplombe setzen müssen!"

Das war's dann! Wie es aussieht, werde ich den Zahnarzt mit meinem Geld in der Dominikanischen Republik wiederfinden! Schweinepriester, elender!

„Na dann", sprach der Arzt,

„lasst uns beginnen!"

„Herr Doktor", fragte ich besorgt,

„es wird doch wohl nicht allzu sehr wehtun?"

„Iwo", bekam ich zur Antwort,

„Sie werden sich in der Zwischenzeit, wo ich an Ihnen arbeite, vorkommen als schwebten Sie auf einer kuscheligen Wolke!"

Dann ging es los! Der Kieferbrecher wechselte seine verdreckte Schürze für eine noch viel dreckigere! Und um es mir so richtig angenehm wie möglich zu machen, legte er eine einlullende Klassik-CD mit Mozarts Nachtmusik ein. Dies war ja noch in Ordnung, aber dann setzte er den Bohrer in Gang. Von wegen schmerzfrei! Hui, mein Frohlocken konnte man sicher bis ins nächste Dorf hören. Auf einer Skala von 1-10 belief sich die Schmerzintensität in einem Bereich, der sich bei 15 Plus eingependelt hatte.

Eines schwor ich mir:

„Rainer, Du und Dein verkommener Zahnarzt! Wenn ich Dich in die Finger bekomme, kannst Du Dir all Deine Zähne um den Hals hängen!"

Der Kerl, der mich bis zum Wahnsinn trieb, besaß die Frechheit im Takt der Musik laut mit zu summen. Der hat seine Freude daran andre bis zur Weißglut zu quälen. Erst nach zwei Stunden war mein Martyrium vorbei. Zwei Stunden! Eine lange Zeit! Aber ja doch! Mitten in der Arbeit unterbrach der Zahnarzt seine Prozedur, um Kaffee zu trinken!

An fast jedem Zahn in meinem Mund hatte der Zahnarzt gearbeitet.

„Mann", dachte ich mir als Privatpatient,

„der Kerl hat sich an mir ein Vermögen verdient!

Doch die Hauptsache ist, dass ich wie schon erwähnt am Strand oder der Hotelbar den Damen schöne Augen machen möchte!"

Tage später im Urlaubsparadies:

Doch ich sollte mich irren, was die Qualität meiner frisch reparierten Zähne betrifft!

Schon am zweiten Tag in meinem Urlaubsdomizil lösten sich mehrere Zahnplomben. Na ja, man würde wohl meinen, dass dieses Problem zuhause wieder in Ordnung gebracht werden konnte. Aber ja doch! Nur nicht bei mir! Bei meinem Glück gesellten sich, um mich vor der

Gefahr einer ungebändigten Wollust zu schützen, unerträgliche Zahnschmerzen hinzu. Statt
Flirten und Sex war das vor Schmerzen ange-
sagte Jaulen in großen Stile angesagt.

„Rainer", dachte ich mir,
„Dir wünsche ich, dass Dir Deine Gattin das
Bier-saufen für mehrere Wochen verbietet! Und
nun zu Ihnen, Herr sogenannter Zahnarzt?!?!
Jetzt wo Sie mit meinem Geld selbst Urlaub
machen, sollen Sie im sonnigen Süden zum ersten und zum letzten Mal von unzähligen Super-

models umschwärmt werden. Jede von den Damen sollte Ihnen zu verstehen geben, dass es ihnen eine riesige Freude bereiten würde, mit Ihnen ins Bett zu steigen. Nur sollte es beim Schwärmen und Flirten bleiben! Ich sag nur das eine! Impotenz! Selbst wenn Sie sich mit beiden Händen Potenzpillen einwerfen sollten, sollte Ihr kleiner Freund den gesamten Urlaub hindurch in einem schlaffen Ruhemodus verweilen. Keine der anmutigen Grazien sollte in den Genuss kommen von Ihnen verwöhnt zu werden!"

Und was tat sich bei mir in Sachen Liebe? Sehr viel!

Mit meinem Zahnschmerz lernte ich eine wirklich hübsche Frau kennen! Ja, ja es war eine Zahnärztin! Aber was für eine! Und die Dame ihrerseits verliebte sich auch! Zwar nicht in mich, sondern in meine Zähne! Sie wusste auch, sie würde durch meinen Schmerz reich werden! Und so durfte ich ein weiteres Mal um mein Leben jaulen!

13   Schöne Steine!?!?

Meine Sandra ist der totale Wonneproppen! Eine richtig edle Maus! Nur eines stört mich ungemein an ihr. Ihr Hang zum luxuriösen Leben! Sei es bei der Mode oder bei Accessoires, die sich eine verwöhnte Dame um den Hals hängen kann. Um es klar auszudrücken, nur das Beste war meinem Schatz gut genug! Und jedes Mal war ich derjenige, der dafür finanziell bluten durfte. So wie bei unserem letzten Urlaub auf der griechischen Insel Kreta, wo ich kurz davorstand, meiner über alles geliebten Sandra in einem feierlichen Akt von ungebremster Disharmonie an ihre hübsche Kehle zu gehen. Ich für meine Person hingegen bin die Bescheidenheit in Reinform und bin mit allem, was sich mir bietet, zufrieden. Nur mein Schatz zickt von morgens bis abends an allem herum. Nichts war recht! Es fing schon damit an, dass ihr das Essen in den Tavernen entweder zu scharf oder ein andermal zu geschmacklos war. Auch meckerte Sandra jeden Morgen über den zu laschen Kaffee im Hotel. Apropos Hotel! Das Dilemma begann schon bei der Planung der Reise. Mir genügten drei Sterne, aber mein Schatz bestand vehement darauf, dass das Urlaubsdomizil mindestens fünf Sterne vorzuweisen hatte. Eigent-

lich nicht schlimm, wäre da nur nicht der Mehr-
preis von achthundert Euro gewesen! Pro Nase!
Wenn meine Sandra nur wüsste, wie viele Über-
stunden ich wegen der verfluchten Sterne abzu-
leisten habe, damit ich die sechszehnhundert
Mäuse unter Dach und Fach brachte. Obwohl?
Ich glaube, das interessierte das Luxusweib-
chen zu keiner Zeit. Und das gerade mir, wo ich
doch lieber relaxt in einem Biergarten sitze anstatt im Schweiße meines Angesichts meinen
Körper mit ungesunder Arbeit quäle. Aber was
rede ich! Meiner Liebsten ist es eh egal, ob ich
mir dabei das Rückgrat breche. Hauptsache ist
doch, dass sie ihren Willen und ihre Sterne bekommt. Krass wurde es erst, als wir beide durch
den kretischen Ort Heraklion flanierten und dabei – wie sollte es anders sein – an einem gut
bestückten Juwelierladen vorbeikamen. Um
mich vor einem zukünftigen Bankrott zu schützen, sagte ich:
„Hallo Schatz, du kannst Dich schon mal um-
schauen! Ich geh´ derweil in Micos Taverne.“
Keine Antwort! Dieses Nichts-sagen empfand
ich von Sandra als Genehmigung mich in Micos
Taverne mit einem guten Roten zu erfrischen.
Und so trennten sich für einige Zeit unsre Wege.
Ich ging mit der vor Sandra in Sicherheit ge-
brachten Kreditkarte zum Weintrinken und
Sandra begab sich mit leuchtenden Augen in ein

Geschäft, das für die Damenwelt die Vorkammer zum Himmelreich darstellt.

Zwei Stunden später hatte Sandra genug Schönes gesehen und kam zu mir in die Taverne. Sie sah es mir an, dass ich in der Zwischenzeit, in der ich auf sie wartete, einen halben Liter Rotwein **(vom Besten)** genossen hatte.

„Deuml", sagte sie zu mir,

„Du bist ein oller Suffkopf!"

„Na und?", antwortete ich ihr,

„falls Du es noch nicht bemerkt haben solltest - wir haben Urlaub!"

Sichtlich erregt rutschte Sandra auf dem Barsessel hin und her.

„Was ist nur los mit Dir?", fragte ich.

Erst nach einigen Minuten und einem Cocktail war mein Schatz bereit mir Antwort zu geben.

„Deuml", sagte sie,

„Ich habe wunderschöne Dinge gesehen! Steine! Wahrhaft geile Steine. Diese zu besitzen wäre die Krönung unseres Urlaubs! Und? Mein Schatz, wie möchtest Du mein Verlangen zufriedenstellen?"

„Steine also", dachte ich mir,

„mal schauen, was sich da machen lässt."

Ich versprach meiner Liebsten hoch und heilig, dass ich mich der Sache annehmen würde. Und als ich das sagte, strahlten ihre Augen.

Jetzt half mir mein Schatz beim Vernichten des

Weinvorrates aus Micos Taverne. Jetzt waren wir beide Suffköpfe! Irgendwann hatten wir das Pensum für ein geruhsames Schläfchen erreicht. Hand in Hand schlenderten wir zu unserem Hotel, **(fünf Sterne, die Nacht für hundertsechzig Euro, oder Sechszehnhundert für zwei Personen, aber eine Rechnung! Und um die durfte ich mich kümmern!).** Ich erwachte wie gewohnt früher als meine Sandra. Um nach der Weinorgie kurz mal frische Luft zu schnappen, ging ich runter zum Strand und fand für meine Begriffe das, was meine Dame unbedingt wollte. Iwo, keine Juwelen, aber schöne bunte Steine! Unmengen von schönen Steinchen!

„Die", dachte ich mir,

„würden meine Braut zu freudigen Luftsprüngen verleiten."

Und tatsächlich, es waren unter den Kieseln wahre Schmuckstücke dabei. Da war ein roter, ein brauner und ein schneeweißer war auch dabei. Ich fand auch einen leuchtend grünen, der im Licht aussah, als handle es sich um einen edlen Smaragd! **(War leider nur ´ne grüne Glasscherbe!)**

„Diese funkelnden Dinger", dachte ich mir,

„werden meine Liebste unendlich glücklich machen!"

Nicht hier in Griechenland, sondern bei uns zu

Hause wollte ich meine Sandra mit meinem Geschenk **(edle Kieselsteine)** überraschen. Nicht ohne Eigennutz! Für dieses Präsent erhoffte ich mir so manche Streicheleinheiten.

Wieder zu Hause:

In einem feierlichen Akt überreichte ich der Dame meines Herzens eine Geschenkschatulle mit den darin befindlichen Klunkern.

„Hier", sagte ich,

„fast hätte ich vergessen, Dir das Geschenk aus Griechenland zu überreichen!"

Wie ein Kleinkind hüpfte mein Mädel voller Freude von einem Fuß zum nächsten. Hätten sie keine Bandscheibenprobleme geplagt, hätte meine Liebste Purzelbäume geschlagen. Und um die Überraschung noch zu steigern, schüttelte sie die Schatulle vor ihrem Ohr. Sie hoffte, anhand des Geräusches zu erraten, welche Kostbarkeiten sich darin befanden.

„Los", sagte ich gespannt,

„mach schon auf!"

Sandra öffnete ihr Geschenk! Und, und? Eisige Kälte sprang mich aus enttäuschten Augen an.

Der Unterkiefer meines Schatzes klappte, als sie sah, was sich in der Schatulle befand, bis runter zu den Zehen.

Kieselsteine in allen Farben!

Sogar der Grüne !?!? war deutlich zu sehen.

„Äh", sagte mein Schatz,
„was soll das? Das sind doch nur gewöhnliche Kieselsteine!"

„Ja, aber sehr schöne!", sagte ich,
„Du schwärmtest doch von schönen Steinen! Und wie Du siehst, habe ich diese Dinger für Dich gesammelt! Es war doch ein netter Zug von mir. Oder? Sieh doch, ein grüner ist auch dabei!"
Jetzt begann Sandra ihre Stimme gegen mich in einem unangenehmen Geräuschpegel ansteigen zu lassen.
„Mit schönen Steinen", schrie Sandra,
„meinte ich Diamanten, Saphire, Opale oder Smaragde! Deine Kiesel kannst Du Dir unter die Vorhaut klemmen!"
„Aber Schatz", sprach ich reumütig,
„die Klunkerchen sind doch schön bunt!"
Das hätte ich besser nicht gesagt! Meine Sandra

jagte mich, indem sie mich mit den schönen!?!? Steinen bewarf, durch die Wohnung. Das liegt nun vier Wochen zurück und erst gestern sprach Sandra wieder das erste Wort mit mir. Ich konnte die aggressive Reaktion meiner Liebsten trotz intensiven Nachdenkens nicht verstehen. Mir gefielen die Steinchen! Mehr noch, sie waren meiner Meinung nach wirklich schön!

14 Wie komme ich nach Finkelhausen?

Ich liebe es im Wald herumzutollen, mich am Busen der Natur festzuklammern und den Alltagsstress weit hinter mir zu lassen! An solchen lauschigen Orten, wo man nur das fröhliche Gezwitscher eifriger Vögel vernimmt, werde ich wieder zu einem staunenden Bub. Und der Genuss kommt dabei nicht zu kurz! Vor allem das Suchen essbarer Pilze hat es mir seit jeher angetan. So ein leckeres Pilzomelett gleicht einem Superorgasmus! Wer kann da schon widerstehen! Solch ein exquisites Mahl aus Pfifferlingen, Steinpilzen und Co. kann man selbst den anspruchsvollsten Göttern als Leckerei vorsetzen. Diese werden in einem Anflug von gegessener Wollust sogar die saubergeleckten Teller mit aufessen! Warum auch nicht? Denn die himmlische Personalkantine lässt meist eh zu wünschen übrig. Doch eines lässt mich traurig stimmen: ich hasse es, wenn ich mich im Wald verlaufe. So wie letztes Jahr, wo ich vor lauter Steinpilzen vergessen habe, wo ich meine Karre (Fiat) abgestellt hatte. Den einzigen Anhaltspunkt, wo mein fahrbarer Untersatz auf mich wartete, war ein Dorf, das sich Finkelhausen nannte. Eigentlich kann man nicht von einem

Dorf reden, vielmehr war es ein einsames Nest, wo selbst nachtaktive Tiere Punkt zwanzig Uhr ihre Augen zu einem ausufernden Schlafritual schließen! Und so ahnte ich, dass mir dieses Wissen nichts bringen würde. Wer kennt schon einen Ort, dessen Einwohner von der Schlafkrankheit heimgesucht wurden. Mich hatte das Schicksal gezwungen vorerst allein, ganz allein, den Weg zu meinem verlassenen Auto wiederzufinden. Ich stiefelte bergauf bergab, kroch wie eine Schnecke über den Waldboden entlang, nur um letztlich wieder an der Stelle zu stehen, von wo aus ich meine verzweifelte Suche startete. Nachdem ich jeden einzelnen Baum des verfluchten Waldes mehrmals umrundet hatte, überkam mich eine tiefgreifende Dramatik, von der man Angst bekommen konnte.

„Aus diesem verdammten Wald", sprach ich resignierend zu mir,

„komme ich erst wieder heraus, wenn mich Archäologen nach mehreren Jahrhunderten finden!"

Keine tollen Aussichten!

Dabei war ich so umsichtig und hatte schon bei mir zu Hause, um alle Unverständlichkeiten aus dem Weg zu räumen, vorgesorgt! Ich hatte ja einen Kompass, der auf meinem Handy installiert war, mit dabei. Das sollte mich – so dachte ich

mir – vor unliebsamen Umwegen schützen.
Und ich gutmütiger Geselle begab mich auf dieses Abenteuer, das mir dieses Navigationsgerät versprach. So sollte es ablaufen! Aber nicht bei mir! Ich hatte auf Grund meiner Schusseligkeit wieder mal die Arschkarte gezogen und durfte mir die Eselsmaske aufsetzen! Warum? Na ja, was nützt einem ein Handykompass, wenn der Akku leerer ist als eine Schnapsflasche, die von einem suchtgebeutelten Alkoholiker heimgesucht wurde. Nichts! Das nutzlose Teil konnte ich an diesem Tag in die Tonne oder besser gegen einen Baum werfen. Da fielen sie mir wieder ein, die Archäologen! Diese Herrschaften würden mächtig staunen, wenn sie eine vertrocknete Mumie entdecken, deren Handyakku „Null" anzeigt. Da half auch nicht, dass ich wie ein Wilder durch den Wald fluchte! Ich musste mich der Tatsache stellen, dass ich in naher Zukunft Nährboden für kommende Generationen von Steinpilzen werden würde. Ich lief nach allen Seiten, ich krabbelte sogar durch das undurchdringliche Unterholz umher um voranzukommen! Dabei zerkratzte ich mir mein Gesicht so sehr, dass man denken konnte, man hätte mich mitten in Flagranti eines außerehelichen Begattungsversuchs erwischt! Und meine Füße erst – die mir vom vielen Umherwandern unheimlich arg schmerzten - standen kurz davor

mir abzufallen. Endlich! Ein Lichtblick! Ich sah von Weitem eine Waldlichtung. Dort fand sich sogar etwas, auf dem Autos fahren konnten. Ein Kiesweg mit tausenden Schlaglöchern, in denen selbst ausgewachsene Elefanten ein Vollbad hätten nehmen können! Sofort lief ich aus der Lichtung und begab mich hin zu einem umgestürzten Baum, auf dem ich mich erst mal auszuruhen versuchte. Das war auch bitter nötig - so fix und fertig war ich. Dort wartete ich auf Rettung! Eine Stunde, zwei Stunden, erst eine weitere halbe Stunde später war es dann soweit, es kam mir ein rostiger Traktor, auf dem ein recht rustikaler Eingeborener saß, entgegen.

„Hallo", rief ich dem Kerl zu,

„bitte bleiben Sie stehen, ich hätte eine wichtige Frage an Sie!"

„Au weia. ned scho wieda a Preiß!", antwortete mir dieser Kerl,

„na Bua, red scho, wos is los?"

„Mein Herr", sagte ich,

„ich hab mich beim Pilzesammeln rettungslos verlaufen! Und nun meine Frage an Sie: wo in Gottesnamen liegt die Ortschaft Finkelhausen?"

„Finkelhausen?", überlegte das bayrische Urvieh,

„Hm, mal überlegen? Aba ja, jetzt is ma wieda eingefall'n! Dei Finkelhausen liegt dort drüben,

Du muasst nur den Weg entlang laffa, dann kimmst an oam kloana Birknwald vorbei, dort biagst scharf rechts ab......"

„Aha", sprach ich.

„He Preiß, i bin fei no ned fertig!", meinte der Herr auf seinem Traktor,

„um an Dein Ort zu kemma, wanderst so etwa drei bis vier Kilometer den Weg entlang. Host me verstand'n?"

„Ja!", antwortete ich kleinlaut.

„Am End steht a oids Bauernhaus, des an Alois Brummer g'herd, an der oidn Hütt'n gehst einfach links vorbei, dann immer grodaus. Oder war 's rechts? Na i glaub, des war doch links! Und jetzt Freunderl kimmt's, hör ma guad zu, des is ganz, ganz wichtig: am End des Wegs kimmst an a Stell vorbei, wo letzt Jahr an Alois sei Maisacker stanna is, dort, und nur dort biagst links ab und scho bist auf 'm Weg zu Dein Finkelhausen! Und? Host das jetzt immer no verstanna?"

„Ja", sagte ich,

„Danke mein Herr! Jetzt weiß ich Bescheid!", dabei dröhnte mir mein Kopf wie ein laufender Schlagbohrhammer.

Erst als ich mich etwas von dieser surrealen Begegnung gefangen hatte, rief ich meinem Auskunftgeber – der mittlerweile kurz davor stand außer Hörweite zu kommen, hinterher:

„Hallo mein Freund, eine Frage noch, wo stand denn nun letztes Jahr der besagte Maisacker?"
Der alte Querkopf war schon viel zu weit entfernt, um meine Hilferufe zu vernehmen.
„Toll", sprach ich,
„ein Maisacker, den es nicht mehr gibt, soll mir den Weg zum Auto zeigen! Die Archäologen werden an mir ihre Freude haben!"
Und so wanderte ich weiter ziel- und planlos durch das niederbayrische Gehölz. Meine einzige Hoffnung bestand darin, irgendwann an die Stelle zu gelangen, wo letztes Jahr der Maisacker stand!

15 20. August 2019!
Mein abenteuerlichstes Wochenende!

Fünf schöne Tage am Arbeitsplatz! Was kann
man sich Schöneres vorstellen als der Firma mit
all seiner Kraft zu dienen! Erst diese Zeit macht
mich als Hausmeister zu einem ehrfürchtigen
Mann, der mit verdientem Lob verwöhnt wird.
Dafür gebe ich jeden Tag mein Bestes! Jawohl
mein Bestes! Nur an zwei Tagen darf ich nicht
für das Wohl meines Chefs zur Verfügung stehen. *WOCHENENDE*! Mann, wie ich den
Samstag sowie den Sonntag hasse! Zwei Tage
Langeweile pur! Aber was soll man tun? Die
Gewerkschaft zwingt oder schikaniert uns dem
Hort der Freude fernzubleiben. Und jetzt ist es
wieder soweit! Freitag fünfzehn Uhr! Feier-
abend! Aus dem Inneren meines Kopfes sprach
eine Stimme – eine sehr gemeine – zu mir.
„Deuml, ergib Dich, die Langeweile eines bevorstehenden Wochenendes hat Dich von allen
Seiten umzingelt!"
Im Geiste sah ich wie die unnützen grauen Ge-
hirnzellen wie eine wild gewordene Horde - an-
getörnt von Schadenfreude - um das Kleinhirn
herumtanzten! Richtig kleine Teufel!
Wie ein frisch verprügelter Hund, dem man mit
der Kastration gedroht hatte, schlich ich mich

aus dem Werkstor und begab mich ins naheliegende Stadtcafé! Bei Ella, der Wirtin, wollte ich mir wie jeden Freitagnachmittag eine Tasse Kakao und dazu ein Stück Apfelkuchen mit Rosinen gönnen. Diese Oase liegt ja direkt auf meinem Nachhauseweg! Auf dem Weg dorthin musste ich eine selten befahrene Straße überqueren. Wohl ein Witz! Denn ausgerechnet heute schien die Tour de France durch diese einsame Hinterhofstraße zu führen. Wie das? Um fünfzehn Uhr und acht Minuten bog ein gewissenloser Pedaltreter um die Kurve und vor lauter Träumen – wahrscheinlich wegen der Vorfreude auf bevorstehenden Sex mit seiner Liebsten - fuhr mir der Wichser über den rechten Fuß. Scheiße! Ich schrie unter heftigen Schmerzattacken meinen Frust dem Verursacher, dem „ARSCHLOCH", entgegen! Eigentlich hätte ich von diesem Herrn so was Ähnliches wie eine Entschuldigung erwartet! Ha, nichts was mich und meinen Schmerz besänftigte sollte ich von dem Kerl erfahren. Mehr noch, der Widerling zeigte mir, nachdem er versuchte sich aus dem Staube zu machen, lachend den Stinkefinger. Ich betete zu Gott:
„Herr, lass es zu, dass ein Blitz diesen Kerl beim Scheißen trifft!"
Humpelnd wie ein Kriegsversehrter ging ich weiter meines Weges. Ich wusste, dass mich die

schöne Ella über dieses Drama hinwegtrösten würde. Wie schon erwähnt gönnte ich mir einen Kakao und ein Stück Apfelkuchen mit Rosinen! Etwas Luxus schadet nie! Doch die Rosinen pickte ich mir zur Vorsicht ganz schnell aus dem Kuchen, die Dinger waren mir einfach zu süß! Und außerdem bekommt man dadurch Probleme mit den Zähnen! Sie wissen schon, Karies, Zahnausfall und am Schluss winkt die Prothese! Und zu meinem Fußschmerz wollte ich partout keine Zahnschmerzen hinzu haben! Halt, fast hätt ich es vergessen, trotz Bedenken was sich dabei alles Fett an meine Hüften anhaften könnte, ließ ich mir von Ella eine winzig kleine Portion Sahne auf den Kuchen geben. Und nachdem ich alles feinst säuberlich vom Teller entfernt und abgeleckt hatte **(Hm, lecker!),** fragte mich Ella, ob ich zum Schluss noch ein Likörchen haben möchte. Unverschämt ausgerechnet mich das zu fragen! Wo ich doch alles Alkoholische bis aufs Blut hasse! „Nein", antwortete ich,

„meine Mutti sagte immer Alkohol mache süchtig. Und Recht hatte sie! Ein Hausmeister muss als Respektsperson auftreten und darf nicht nach Schnaps riechen! Und außerdem – und das ist erwiesene Tatsache - macht das Saufen dumm!"

Bei dieser Antwort schüttelt die Elli meist ungläubig ihren Kopf, sie kann halt nicht verstehen, dass ich nur als eiserner Abstinenzler meine äußerst wichtige Aufgabe zur vollsten Zufriedenheit meines Chefs erledigen kann. Nur so verdient sich ein verantwortungsbewusster Mitarbeiter seine alljährliche Weihnachtsgratifikation!

Einundzwanzig Minuten später! Oder waren es dreiundzwanzig? Egal! Am Wochenende werden keine Minuten gezählt! Es war Zeit aufzubrechen! Ich zahlte beim Verlassen des Cafés meine Zeche. 9,80 Euro, mit Trinkgeld 10,00 Euro. Dieses Opfer sollte man nicht mit Verschwendungssucht bewerten, nein, ich finde eher, dass es eine Ehrensache sei Trinkgeld zu geben! **(Wie seht Ihr das?)** Dankbar winkte mir die Elli jedesmal hinterher und dabei dachte ich mir im Geheimen:

„Sieh an, ich glaube, die Elli hat ein Auge auf mich geworfen! So eine freche Göre! Na ja, hübsch ist sie ja und das wiederum find' ich schön! Von meinem Trinkgeld soll sich die Dame was Schönes kaufen!"

Genug geliebäugelt! Aus mit fröhlicher Kuchenparty, jetzt musste ich mich eiligst um die Vorräte für das Wochenende kümmern. Am Samstag soll's ja Nürnberger Bratwürstl mit Sauerkraut geben! Gediegene Hausmannskost sozusagen! Das Würstelgericht kannte ich noch aus Zeiten, wo mich Mutti damit verwöhnt hatte! Ach ja, die Mutti! Diese Dame konnte vielleicht gut kochen! Viel, viel besser als ich! Was sollte ein eingefleischter Junggeselle tun, um nicht dem Hungertod zu erliegen? So einer muss Abstriche – was die Menüfrage stellte – in Kauf nehmen!

„Augen zu", sprach ich zu mir,

„und Mund auf, dann wird's schon klappen! So schlecht kann keiner kochen, dass er an vergiftetem Essen zugrunde geht! Und Würstl braten kann doch jeder!"

Ich weiß jetzt schon, dass ich satt vom vielen Essen den Samstagabend wie ein Stein auf meinem grüngelb gestreiften Sofa liegend verbringen werde. Beim Versuch dem Fernsehgeschehen zu folgen düse ich mit Turbogeschwindigkeit ins La-la-luna-Land. Was soll's, dann ist es halt so! Man zwingt mich ja dazu, indem man mir verboten hatte zu arbeiten! Um nicht am morgendlichen Tisch hungrig und leer durchs Zimmer zu starren, erstand ich für die nächsten zwei Tage das Frühstück. Und dafür begab ich mich zuerst in einen Supermarkt. Dort kaufte ich einen Nescafé - koffeinfrei versteht sich - Honig und Erdbeermarmelade sowie eine fettreduzierte Margarine.

„Hab ich nun alles?", fragte ich mich kurz vor

der Kasse.

„Nein! Es muss noch was Süßes in den Ein-kaufskorb. Gummibärchen? Nein, heute nicht, diesmal muss es was Handfestes sein! Aber was?", sprach ich zu mir,

„Schokolade! Warum auch nicht! Die Bibel sagt doch selbst, dass der Mensch nicht von Brot alleine leben kann und aus diesem Grund gönne ich mir eine Tafel Vollmilchschokolade. Eine Sünde? Ja und, ich leb' doch alleine und somit wird mich keiner an den lieben Gott ver-raten! Ha, der Schoki gehört nur mir. **NUR MIR!**"

Beim Bäcker kaufte ich mir noch schnell einen Laib Brot! Fünfhundert Gramm! In meinem Kopf begann es zu arbeiten.

„Hoffentlich muss ich diesmal nicht wieder, wie so oft, die steinharte Brotrinde wegschnei-den!"

Ich machte mich auf den Weg zu meiner piek-feinst gepflegten Junggesellenbude, wo selbst ein einzelnes Staubkorn seine eigene Inventar-nummer innehat.

Trotzdem, ich hegte gewisse Zweifel! Was wäre wenn? Oder, kann man einem Bäcker trauen? Ich brauchte Gewissheit! Zuhause wog ich das Brot von Neuem. Und tatsächlich, das Brot wog nur vierhundertsechsundneunzig Gramm! Vier Gramm weniger! Schon wieder beschissen

146

worden! Das schreit nach einer klärenden Beschwerde!

Mein Bäcker, der alte Verbrecher, kann sich auf was gefasst machen!

Endlich zu Hause:

Der Rest des Freitags verlief wie gewohnt recht unspektakulär! Nur eines sei erwähnenswert! Ich hatte einen neuen Untermieter! Einen mit einem langen Schwanz! Genauer gesagt: in meiner Bude hatte sich eine Maus eingenistet. Wo die wohl herkommt? Egal! Meine einst so penibel geführte Zweizimmerwohnung wurde von einem widerwärtigen Nager als sein Eigentum angesehen. Das schreit nach Krieg! Ich wusste mir zu helfen! Um mich von diesem Mistvieh zu befreien, ging ich eine Etage tiefer und läutete bei meiner hübschen Nachbarin Anja – eine zwanzigjährige Amazone – und lieh mir ihre Muschi aus. Äh, Vorsicht meine Herren, mit der besagten Muschi meinte ich Anjas Katze und nicht das wollüstige Teil, woran manch sexuell unterernährte Kerle vierundzwanzig Stunden denken. Dieses ewig schnurrende Raubtier aus der Gattung Mäuse tötender Katzen sollte der Maus einen ehrenvollen sowie würdigen Tod bereiten. Nur wollte ich als Tierfreund bei dem bevorstehenden Massaker keinesfalls zugegen sein, deshalb verließ ich den

Schauplatz oder die Arena, wo Mäuse zu Helden gemacht werden. Ich hoffte nur, dass mir die Muschi nicht allzu viele Blutflecken auf dem Teppichboden hinterließ! Solche Flecken gehen echt schwer wieder raus! Ich sollte eine Überraschung erleben! Nachdem ich glaubte, dass das Nagerproblem nun der Geschichte angehörte, ging ich zurück in meine Wohnung um nachzusehen, was die Aktion brachte! Von umher fließendem Blut keine Spur! Was ich dort sah, sollte ich am Raubtiergehabe von Anjas Muschi begründete Zweifel hegen. Wie das? Wie es den Anschein hatte, wurde die Maus von einer Pazifisten-Katze ins Visier genommen. Von Blut und Mord konnte keine Rede sein! Wie zwei verliebte Teenager lagen die um die Wette schnurrende Katze und die zum Tode verurteilte Maus in inniger Umarmung auf dem Sofa und guckten sich voller Inbrunst in die Augen. Der liebe Gott hätte bei diesem Anblick - der von Liebe und Zuneigung zwischen verschiedenen Lebewesen zeugt - seine Schöpfung ins Unendliche gepriesen! Nur ich konnte mich nicht mit dem Gedanken anfreunden, dass ich mit einer simplen Maus eine WG gründen sollte. Die zu nichts taugende Muschi übergab ich unverrichteter Dinge wieder dem eigentlichen Besitzer. Bei der Übergabe sprach ich zu Anja:

„Hier hast Du Deine Muschi wieder!"
„Und", fragte Anja neugierig,
„hat meine Muschi die Maus gekillt?"
„Gekillt würde ich nicht sagen", antwortete ich,
„eher hätte sie die Maus in die wohlige Bewusstlosigkeit hineingeschmust! Die Beiden hatten sich richtig lieb! Anja, der Einzige, der dem Techtelmechtel im Wege stand, war ich! Ich Störenfried hab eine Romanze zerstört! Und dafür schäme ich mich nicht mal, ich bin halt ein Egoist! Anja, deine Muschi taugt allenfalls dazu, um sich von Dir den Bauch kraulen zu lassen! Mäuse fangen? Ja, aber nur damit die Muschi was zum Schmusen hat!"
Das Nagerproblem musste ich ohne fremde Hilfe selber lösen! Um mich der Maus zu entledigen, stellte ich eine Lebendfalle auf, indem ich ein Stück von meinem Frühstücksschinken als Köder gelegt hatte. Und prompt fiel das Tier darauf rein. So eingesperrt sah das Kerlchen nicht mehr gar so agil aus. Macht nichts! Mit den Händen fischte ich die Maus aus ihrem Gefängnis. War keine gute Idee, das Biest ließ mich ihre Rache spüren! Erst nachdem sich das Mäuslein an all meinen Fingern ihre Zähnchen gewetzt hatte, durfte ich sie in Anjas Briefkasten quetschen! Verflucht sei die Mäusegattung!
„Mal sehen", sagte ich zu mir,
„was die Dame zu meinem Geschenk sagt!

Die Muschi jedenfalls wird ihre wahre Freude haben, so kann sie ihren langschwänzigen Kameraden ein weiteres Mal liebhaben! Dieses Problem hat sich zu meinen Gunsten erledigt!" Samstag, acht Uhr morgens:

Nach einem ausgiebigen Frühstück mit Ei, Schinken und koffeinfreiem Nescafé überlegte ich mir, was zu tun sei! Ich sah mich in meiner Bude um und wusste, was sein musste! Hausarbeit! Ehrlose Sklavenarbeit auf niedrigstem Niveau! Na ja, so ein Vormittag ist dazu da die Arbeiten zu erledigen, die mir einst meine liebe Mama abgenommen hatte. Das heißt ich musste meine Unterhosen, Hemden und Sonstiges bügeln. Nebenbei lege ich mir die Socken für den Sonntag, blaurot gestreift, zurecht! Nur an den Wochentagen nehme ich es nicht gar so poppig, für diese Tage reichen mir einfarbige - meist ein seriöses Grau! Bewaffnet mit Staubwedel und Putzlappen hüpfte ich anschließend von einem Zimmereck zum nächsten. Dabei fand ich jede Menge Hinterlassenschaften meines ehemals ungeliebten Untermieters, der Maus! Es ist schon rekordverdächtig, was so ein Mäuslein alles kacken kann. Wie ein Wiesel auf Speed rannte ich saugend durch die Wohnung, und fand bei meinem exzessiven Sauberkeitsfimmel tatsächlich ein Zwanzig Centstück. Bravo! Futter für das Sparschwein! **(Mit all dem Gesparten fahr ich in zwei Jahren in den Urlaub. Tirol!)** Der weitere Verlauf des Tages brachte nichts Phänomenales mehr! Nur Langeweile, Ödnis und faul gewordene Perversion! Und ich als Gequälter agiere mitten drin! Nur der Sonntag gehörte nur mir, da werde ich zum Tier, da lebe ich meine animalischen Gelüste aus! Da flipp ich aus, da lass ich's krachen! Um das Raubtier in mir bei Laune zu halten, schmeiß ich mir ein Schweinekotelett - an dem ich vorsichtshalber den Fettrand entfernt habe - in die Pfanne. Pure Fleischeslust! Und bis das Teil zum Verzehr freigegeben wird, kommt der Fernseher zum Einsatz! Ich hab ja zwei bis drei Minuten Zeit, um mich zu bilden. Meine absoluten Lieblingssendungen sind die, wo Profis um die Wette kochen. Diese Helden am Herd beeindrucken mich sehr, die können mehr als nur ein Kotelett braten. Obwohl? Auch ein Hausmeister, der jeden Tage auf der Matte steht, hat es verdient, dass man ehrfürchtig zu ihm aufsieht. Essenszeit, Hurra! Irrtum! Viel Freude sollte ich an meinem Sonntagsmahl nicht haben, denn mich umarmte ein weiteres Mal das sprichwörtliche Pech! Welches Drama hatte mich derart im Würgegriff?

Mein heißgeliebtes Kotelett, ohne Fettrand – immer noch vom Schwein – wollte nicht von mir verzehrt werden und so verbrannte es in der Pfanne. Ein Inferno! Das Kotelett erinnerte mehr an ein schwarzes Braunkohlebrikett. Essen? Nein, den Fraß konnte man nicht mal einem ausgehungerten Straßenhund vorsetzen. Ich Armer! Ich musste mir im Zuge der geschehenen Katastrophe ein minder leckeres Margarinebrot streichen. Aber was soll ich sagen? Ein knallharter Kerl wie ich darf nicht weinen, er muss da eben durch! So einer trotzt den Widrigkeiten, die ihm von allen Seiten her entgegenwehen! Trotzdem, dieses Wochenende war für den Arsch!

Nur Anjas Muschi **(Katze!)** hatte an diesem Tag ihr persönliches Highlight! Die Mieze hatte wieder ihren kuscheligen Spielkameraden. Wahrscheinlich lagen alle Drei: Anja, die Maus, und die friedfertige Muschi gemeinsam auf dem Wohnzimmersofa und genossen die paradiesische Eintracht. Hoffentlich endet mein Albtraum noch, bevor mich der Hunger an den Rand des Wahnsinns treibt!

„Mann", rief ich laut aus,

„ich will wieder zur Arbeit gehen!

16 Das wird schon wieder!
Zum Buch

Ha, über diesen Satz werfen sich alle amtieren-
den Götter auf den Boden und lachen sich einen
ab! Kein Wunder, bei manch armen Seelen bekommt man den untrüglichen Eindruck, dass
sie schon zu Lebzeiten auf die Schikanen des
drohenden Fegefeuers vorbereitet werden. Einige Harmonieheinis werden zwar das Gegenteil behaupten, indem sie von den Freuden und
sonstigem Positiv-Scheiß sprechen! Denen
kann ich nur eines sagen,
„Meine Herrschaften, Ihr irrt!"
Ihr braucht Beweise? Gut, da wäre die Geschichte von meinem Freund Rainer und mir,
als wir, nachdem wir in der Disco bis zum finalen Zusammenbruch gefeiert hatten, am kuscheligen Busen der Natur übernachten wollten. Zelten und so! Warum nicht, auch Nachtschwärmer brauchen zuweilen - wenn auch selten - Frischluft! Nur die Wahl unseres Zeltplat-
zes war sehr, sehr ungünstig! Ausgerechnet
dort, wo wir vorhatten, den Dampf der letzten
Nacht auszukurieren, wollten auch andre - vor-
wiegend Frauen - sich an der Natur erquicken.
Der Rainer staunte nicht schlecht - mehr noch,
ihm fielen fast die Augen aus dem Gesicht, als
er früh morgens - 14 Uhr - als erster aus dem

153

Zelt kriechen wollte und lauter schöne Sachen sah. Ohne auf das Kommende vorbereitet zu sein, lachten ihm mehrere wohlgeformte Brüste entgegen! Und jedes Muster – ob kleine, oder überdimensional große, oder einfach nur schöne – war im Begriff, uns Unschuldigen das Hirn zu verwirren! Hurra, wir Freaks hatten auf Grund unserer vernichtenden Orgie den eigentlichen Zeltplatz mit einem illegalen FKK-Treff verwechselt. Solche Verwechslungen waren genau mein Ding! Nur der Rainer wurde zusehends unsicher, der Arme hatte noch nicht allzu viele Möglichkeiten erlebt, die weibliche Anatomie in ihrer ganzen Allmacht zu studieren. Eine überreife Tomate war im Vergleich zu ihm kreidebleich! Erst Jahre später durfte er seinen längst überfälligen Jungfrauenstatus zwecks einer Heirat an den Nagel hängen!

Eine weitere Story handelt von einem Herrn, dem es von höchster Ebene **(seiner Gattin)** verboten wurde, ein weiteres Bier zu trinken. Traurig? Nein! Das geschieht dem versoffenen Kerl nur recht! Wie kann der Kerl es ungefragt wagen in Beisein seiner liebreizenden Gattin Bier zu trinken! Bier! Jawohl, ihr habt richtig gelesen, gewöhnliches Bier! Gleichberechtigung hin und her, aber so was tut ein anständiger und gehorsamer Gatte nicht! Der passt sich den Ge-

gebenheiten an, hält den Mund und schlürft gesunden Pfefferminztee!

Auch die lieben Tierlein - vornehmlich aus der Ordnung der Kleintiere - finden in diesem Buch gebührend Erwähnung! Besonders jene Tierchen die uns Menschen zu allen Zeiten einen Hurraschrei entlockt haben, indem sie uns in ihr kleines Herz geschlossen haben. Was soll man sagen, diese putzigen Tierchen (neckische Filzläuse, fidele Flöhe, reizende Bettwanzen, und kuschelige Ratten) hängen halt ungemein an uns! Besonders die zwei erstgenannten lieben es, sich an unsere Körper zu heften! Und wie bedankt sich der Mensch für diese Zuwendung? Mit brachialer Gewalt! Wir mit unserer sadistischen Neigung haben nichts Besseres im Sinn, als diese treuherzigen und anhänglichen Tiere mit widerwärtigsten Methoden auf die rote Liste des Aussterbens zu verfrachten. Pfui Teufel! Und wieder sollen einige Tierarten von unserem Erdball verschwinden!

Besonders interessant wird es, wenn ein ahnungsloser Vater seinen Sohnemann über den Geschlechtsverkehr aufklärt. Man kann davon ausgehen, dass das Familienoberhaupt die ganze Prozedur voll und ganz versemmelt. Ha, das wird lustig! Für uns ja, aber für den Sohn weniger!

Der leidtragende Bub soll das Versagen seines

Vaters ausbaden! Der Fragende fängt sich im Biologieunterricht 'ne glatte **Sechs** ein. Nur deshalb, weil sein Vater den Begriff „Vögeln" nicht kindgerecht zu vermitteln vermochte!

Und nun zu den jungen Lesern! Bevor Ihr jungen Spunde dem Irrglauben verfallt, dass auch das Alter noch seine Reize zu bieten hat, kann ich diesem getrost gegensteuern! Ich – also der Autor – habe es selbst an mir erlebt, was es heißt, zweiundsechzig Geburtstage gefeiert zu haben! Da knacksen die Knochen um die Wette! Aus Muskeln werden wabbelige Speckpölsterchen, und jedes halbe Jahr verabschiedet sich ein Zahn! Und das Geld für einen Frisörbesuch kann man sich wegen fortschreitender Kahlköpfigkeit sparen! Ja, als ich noch jung war und im vollen Saft stand, war keine Dame weit und breit vor meinen Flirtkanonaden sicher. Obwohl? Na ja, wie ich des Öfteren erleben durfte, waren die meisten Girls nicht sonderlich eifrig, um mir zu entkommen. Die Grazien wollten unbedingt von mir eingefangen werden! Das war früher! Heute machen die meisten Damen nur ein belustigtes Gesicht, wenn ich zu schleimen beginne! Wahrscheinlich denken sie sich,

„Mann, Opa, denk bitte an Dein Herz, tu Dir diesen Stunt nicht mehr an! Glaub mir, so ein Ritt in Deinem Alter führt Dich direkt zum nächstliegenden Bestattungsinstitut! Aber wenn es Dir hilft, führe ich Dich gerne über die Straße!"

Ich würd' ja zu gerne trotz Rheuma, Gicht und undichter Wasserleitung den Mädels noch einmal näherkommen! Aber als alternder Playboy kann man sich nur noch eins aufs Maul hauen und dabei denken,

„wau, das hat wieder mal gutgetan!"

Und nun zu denjenigen Herren, die doch tatsächlich glauben, sie könnten ihren Gattinnen wertlose Kieselsteine als Diamanten andrehen! Euch warne ich! Schon so mancher Ehegatte hat am eigenen Leib erfahren dürfen, was es heißt, die Gattin hinters Licht zu führen! Meine Herren, glaubt mir, diese Sparsamkeit kann böse ins Auge gehen! Bei so Manchem erkennt man seinen Geiz daran, dass sein Gesicht mit unschönen Kratzwunden übersät ist, von den blauen Ringen unter den Augen mal ganz zu schweigen. **(Ein kleiner Rat von mir: Kauft Euren Damen einen Schnellkochtopf! Darüber freut sich jede Hausfrau! Diamanten? Nein, eine moderne Dame des Hauses will keinen Schmuck – oder so -! So eine will den ganzen lieben Tag beschäftigt werden! In der Küche stehen, kochen, braten und Kuchen backen, das wollen die Damen! Und wenn es die Zeit noch zulässt, die Hemden des Herrn Gatten bügeln!)**

Die ganze Welt hat man auf Grund einer Corona-Pandemie zu einem Hausarrest verdonnert! Toll! Und was macht einer, der ein Eremitendasein führt? So einer sucht sich eben einen Ersatz für zwischenmenschliche Unterhaltungen! Denn Einsamkeit kann, wie die Mediziner stets behaupten, auch den hartgesottensten Einzelgänger in die Depression führen! Besonders dann, wenn der Schnaps zuneige geht! Eigentlich ist es völlig egal, ob sich der Betreffende mit einer aparten Dame trifft **(150 Euro die Stunde)** oder sein Herz bei einem tierischen Mitbewohner ausschüttet! Hauptsache man kann seine Probleme mit einem Mann, einer Frau oder auch einem Haustier besprechen!

Mein Ansprechpartner in diesen wirren Zeiten hat den wohlklingenden Namen „Fräulein Anja"! Mit der kann sich ein Single tagelang, wenn nicht gar wochenlang unterhalten!

Von dieser Dame bekomme ich zwar kein einziges Wort zu hören – sie sitzt immer am selben Fleck, starrt unbeeindruckt durch den Raum und rührt sich keinen Millimeter! Aber Hauptsache, sie überlässt mir das Reden! Und im Zuhören, da ist die Kleine die absolute Wucht, der perfekte Gesprächspartner in Zeiten von Corona und Co.!

Das, meine Lieben, ist nur ein kleiner Ausschnitt dessen, was Euch noch erwartet! Also,

Kopf hoch! Ein wahrer Held stellt sich den Herausforderungen, die uns die Götter in ihrer allmächtigen Liebe zukommen lassen! Und so gesehen geht es für uns ewig Gebeutelten munter weiter!

17 Robert Deuml (Vita)

Robert Deuml wurde als Robert Deumelhuber am 29.04.1958 in Tettnang, Baden-Württemberg geboren. Mit fünf Jahren kam er nach Niederbayern genauer nach Landshut. Die Schulzeit Deumls war durchwachsen. Durchwachsen deshalb, weil er lieber vor sich hinträumte als dem öden und knochentrockenen Unterricht zu  folgen. Trotz alledem war er sehr beliebt bei seinen Lehrkräften - besonders bei den Lehrerinnen, denn sein Talent zu schleimen sollte im Klassenzimmer einzigartig sein. Daher verwunderte es niemanden, dass seine Lieblingsfächer die Kunsterziehung und das Deutschfach waren. Das Malen von naiven Bildern – Deuml hatte mehrere Ausstellungen in seiner Heimatstadt und in der Münchner Kunstgalerie Charlotte Zander sowie bei Kunsthandel Hans Holzinger, ebenfalls München - ist neben dem Schreiben selbst erfundener Geschichten zu allen Zeiten sein absolutes Steckenpferd. Erst nach mehreren sinn- und freudlosen Aufgaben fand Deuml endlich eine Anstellung am Münchner Flughafen. Seiner Meinung nach ist dies der beste Arbeitgeber deutschlandweit.

Bereits erschienene Bücher des Autors:

 Gratisfett für Jedermann

ISBN: 978-3-7448-3721-7,
Paperback, 2017,
177 Seiten, 8,99 EUR

 Herzlich willkommen ihr Süßen

ISBN: 978-3-7460-7403-3,
Paperback, 2018,
192 Seiten, 7,99 EUR

 Schweinerei

ISBN: 978-3-7528-4211-1,
Paperback, 2018,
168 Seiten, 7,99 EUR

Rote Herzchen fressen Hirn

ISBN: 978-3-7481-4828-9,
Paperback, 2018,
168 Seiten, 7,99 EUR

Der kleine Deuml

ISBN: 978-3-7412-9194-4,
Paperback, 2019,
108 Seiten, 7,99 EUR

Na denn Prost

ISBN: 978-3-7504-6994-5,
Paperback, 2020,
164 Seiten, 7,99 EUR

Das Ende ist nah

Das war das Ende!